ANGKAR

DU MÊME AUTEUR

Parasite, Éditions du Palémon, 2012
Les Loups gris, Éditions du Palémon, 2013
Curriculum Vitae, Éditions du Palémon, 2014
Pulsions salines, Éditions du Palémon, 2014
La Salamandre de Kerpape, Éditions Chemin Faisant, 2014
L'Immortelle qui pleurait les morts, Éditions du Palémon, 2015
Iboga, Belfond, 2018
La Mer qui prend l'homme, Belfond, 2018
Seul avec la nuit, Belfond, 2019

CHRISTIAN BLANCHARD

ANGKAR

belfond

Belfond | un département **place des éditeurs**

place
des
éditeurs

1

Phnom Penh, 17 avril 1976

Nuit anniversaire.

Aucune lumière aux fenêtres. Pas le moindre réverbère allumé.

La ville était vide de ses habitants depuis un an.

Phnom Penh, si animée auparavant, s'était retrouvée sans vie, noire comme les chemises de ces gens devenus en peu de temps les maîtres de cette nation. Un envahisseur né des entrailles du pays. Comme la gangrène, il avait putréfié la capitale, les villes, les campagnes et le peuple tout entier.

Phnom Penh, une cité fantôme où désormais circulaient régulièrement des camions bâchés. Unique point de chute : un lieu secret connu seulement de son dirigeant et de ses geôliers souvent analphabètes, eux-mêmes prisonniers de leur mission. Chacun avait une place dévolue et une tâche simple et précise à exécuter. Dissolution des responsabilités. Seul objectif : obéissance absolue à l'*Angkar loeu*, « l'Organisation suprême », appelée encore l'*Angkar padevat*, « l'Organisation révolutionnaire », ou plus couramment l'Angkar.

Le leitmotiv de ses membres était simple : « Je suis fidèle au parti, je le respecte et lui obéis. J'observe correctement la discipline de l'Angkar. »

L'Angkar : une machine à broyer. Immuable jusqu'à l'épuisement des ennemis de la révolution.

Une machine paranoïaque et schizophrène.

Le camion s'entendit avant d'être vu. Gros diesel essoufflé.

Comme à chaque arrivage, Noun s'installait devant l'entrée du bâtiment A. Une pluie torrentielle noyait le pays depuis le début de la soirée. La température avait à peine baissé de quelques centigrades. Trente-cinq degrés accompagnaient les quatre-vingt-quinze pour cent d'humidité.

Noun était assis sous une bâche tendue au-dessus d'une estrade. À part quelques hommes postés à ses côtés, la cour était vide. Un silence pesant régnait sur l'ensemble du lieu.

Le camion passa sous le porche recouvert de fil de fer barbelé et s'arrêta dans l'allée à une dizaine de mètres, puis il recula.

Entre le cul du poids lourd et la façade de l'immeuble de trois étages, l'espace était suffisant pour décharger la cargaison.

Le conducteur coupa le moteur et resta sur son siège. Son travail se limitait à la conduite du véhicule d'un point A à un point B. Ne pas se poser de questions sur l'origine de son chargement ni sur sa nature.

Il plaqua ses deux mains sur le volant. Les ordres suivants seraient simples : « Démarre, repars d'où tu viens et attends le prochain ordre. » Il ferma quelques secondes les paupières. *Je suis fidèle au parti, je le respecte et lui obéis. J'observe correctement la discipline de l'Angkar.*

Noun fit un signe discret au groupe de quatre hommes. De puissants spots illuminèrent le véhicule et une partie des bâtiments.

Ils coururent à l'arrière du camion. Deux d'entre eux soulevèrent la bâche, les autres ouvrirent le volet métallique et hurlèrent des ordres. Il y avait là des personnes entassées les unes contre les autres, debout dans cet espace restreint depuis des heures, ballottées sur des chemins défoncés. Elles étaient si nombreuses et si serrées qu'aucune n'avait pu s'asseoir.

Odeur putride de vomissures et d'excréments.

Normalement, la livraison était constituée uniquement d'hommes ou de femmes seules. Rarement de mères avec leurs bébés. Parfois, un convoi d'enfants, ou plutôt de jeunes adolescents prêts à l'endoctrinement.

Ce soir, un tri était nécessaire.

— Les hommes d'abord !

Le premier sauta sur le sol détrempé et s'écroula dans une mare de boue. Le trajet avait tétanisé ses muscles. Il fut relevé sans ménagement.

— Tourne-toi. Les mains dans le dos.

Aucune révolte. Il sentit se refermer sur ses poignets une paire de menottes. On lui mit un *kramar*[1] sur les yeux et une corde autour du cou.

Il avança d'un mètre afin de permettre à un autre homme de descendre. Répétition des gestes. Une chaîne humaine se formait. Chacun était relié à l'autre par la corde.

— Avance !

Le premier tira sur le lien et incita le deuxième à le suivre. Et ainsi de suite, jusqu'au moment où l'un d'eux tomba, entraînant dans sa chute la file des détenus.

1. Étoffe.

L'occasion attendue par les gardiens. Ils se ruèrent et frappèrent de leurs bâtons les hommes à terre.

— Debout ! Avance !

Les cris des prisonniers se mêlèrent aux rires des matons.

Devenus aveugles, les hommes avaient besoin d'un peu de temps pour comprendre qu'ils devaient se coller les uns aux autres. Poitrine contre dos. Le pas dans celui de devant.

Tirés comme des bœufs, ils entrèrent dans le hall du bâtiment A, où de nouveaux gardiens les attendaient.

Les femmes descendirent à leur tour et se regroupèrent contre la façade avec ordre de ne pas bouger. La pluie ruisselait sur leurs têtes, plaquant leurs chemises sur leurs corps.

Puis les enfants. Peu nombreux. Deux ne marchaient pas encore et restaient dans les bras de leur mère. Seuls quatre garçons avaient l'âge pour commencer l'endoctrinement. Noun fit signe de les emmener. Bâtiment D.

Il délaissa son estrade et se posta face aux femmes en se protégeant des trombes d'eau avec son parapluie tenu par un lampiste. Sous le faisceau d'une lampe torche braquée sur leur visage, il les examina sommairement.

Par réflexe, elles baissèrent les yeux. Ne pas le fixer. Ne pas chercher la provocation. Elles ne connaissaient pas cet homme mais c'était un chef. Une évidence. Son allure hautaine, sa façon de les observer et de se tenir.

Fine baguette à la main. Un fouet court. En marchant, léger coup le long de sa cuisse. Ensemble noir. Un genre de pyjama composé d'une chemise et d'un pantalon en coton. Sandales en cuir et écharpe rouge et blanche autour du cou. La marque des responsables Khmers rouges.

Du bout de sa baguette, il obligea l'une des femmes à relever la tête. Il la fixa. Elle ne baissa pas les yeux. Noun plissa légèrement les paupières. Ce genre d'affront était puni de plusieurs coups de fouet.

— Tu sais qui je suis ? lui demanda-t-il.

Elle fit non de la tête.

— Heureusement pour toi. Alors, je vais te le dire. Ensuite, tu assumeras ton choix. Je m'appelle Noun, je suis le chef de ce camp. Tu es ici parce que tu es une traîtresse à l'Angkar padevat. Mon rôle est d'obtenir les aveux de tes exactions, les noms de tes complices et des membres infiltrés de la CIA.

Il lui caressa une joue avec son fouet.

— Maintenant, à toi de choisir.

La jeune femme baissa les yeux.

— Quel est ton prénom ?

— Sivatha.

— Bien, Sivatha. Tu es intelligente. Ne bouge pas pour l'instant. Reste droite sans t'appuyer contre le mur.

Noun fit signe aux gardiens d'escorter les autres femmes. Elles avaient des secrets à livrer mais aussi un rôle social à remplir. Les geôliers avaient besoin de distraction de temps en temps.

Lorsque le camion repartit, un silence pesant enveloppa le camp. Restait le bruit de la pluie lourde et puissante. Les éclairages s'éteignirent. Nuit totale.

Pas un cri.

Même durant les séances de torture, le détenu devait retenir ses hurlements.

Le point 6 du règlement intérieur que tout nouvel arrivant apprenait par cœur sans perdre de temps stipulait : « Pendant la bastonnade ou l'électrochoc, il est interdit de crier fort. »

Au bout de quelques semaines, ils seraient si faibles, si malades ou si près de rendre l'âme qu'ils n'auraient plus la force d'émettre le moindre gémissement.

Les détenus, les traîtres à l'Angkar arrivés ce soir, ne le savaient pas encore.

Au milieu de la nuit, Sivatha était toujours debout près de la façade du bâtiment A. Ses jambes n'allaient pas la soutenir longtemps. Allait-elle oser s'accroupir ou s'asseoir ? Pourquoi ne pas s'allonger et tenter de dormir un peu malgré le déluge d'eau.

Elle aperçut enfin le faisceau d'une lampe et entendit un ordre.

— Suis-moi ! Noun veut te voir.

2

Cour d'assises du Finistère, Quimper, 2016

À l'énoncé du verdict, il ne broncha pas. Aucune surprise. L'issue était connue d'avance. Le procès avait été mis en place, pensé et orchestré en vue d'aboutir à cette condamnation.

Réclusion criminelle à perpétuité assortie d'une période de sûreté de trente ans. La plus lourde sanction du droit pénal français.

Malgré ses tentatives, le défenseur de Gilles Kerlat n'avait pas pu contrecarrer les preuves avancées par l'accusation sur les agissements du prévenu. Outre la préméditation, l'avocat général avait démontré que les meurtres avaient été « précédés, accompagnés et suivis de tortures ou d'actes de barbarie ». Circonstances aggravantes.

Vu l'état des corps, la médecine légale n'avait pas réussi à émettre des conclusions formelles sur les sévices subis mais les correspondances ADN et les éléments retrouvés dans les ordinateurs de Gilles Kerlat avaient définitivement discrédité les arguments peu convaincants de la défense.

À travers l'ouverture de la vitre blindée isolant le condamné du prétoire, l'avocat posa sa main sur celle de son client.

Gilles Kerlat retira la sienne aussitôt.

— Me touche pas, incapable. Tu vas dégager de ma vie.

— On va faire appel, souffla l'avocat.

— Qui ça, « on » ? Dégage de ma vie, je te dis !

Alain de La Villy haussa légèrement la voix.

— « On », c'est nous. Et arrêtez de me parler sur ce ton. Je vous rappelle qu'aucun avocat n'a souhaité être votre défenseur. Soyez heureux de m'avoir.

— De toute façon, je prends le max.

— Certes, mais j'ai tout tenté pour vous aider. J'ai été commis d'office et la rémunération correspondante est une misère. Votre défense a dû me coûter plus cher qu'elle ne m'a rapporté. Aussi bien en termes pécuniaires qu'en notoriété.

Gilles Kerlat se pencha vers lui.

— L'affaire n'est pas finie, je vous le promets. Si vous m'aidez, vous serez payé grassement, cette fois. Faites-moi confiance.

L'avocat cligna des paupières et recula.

Avant que les gendarmes ne lui passent les menottes et ne le sortent de sa cage de verre, Gilles Kerlat eut le temps de pointer un doigt accusateur vers l'une des femmes assises sur les bancs des parties civiles.

— Toi !

Parmi les nombreuses mères présentes, une seule s'était sentie concernée. Leurs regards se croisèrent. La haine, des deux côtés.

— Tu vas payer ! Je ne sais pas comment ! J'attendrai pas trente ans. Dès demain, sois sur tes gardes !

Elle n'avait pas cillé.

Elle avait découvert ses exactions.

Elle les avait dénoncées.

3

Brest, janvier 2019

Sifflement venu du ciel.

Elles tombent à côté quand elles font ce bruit.

Je pose les mains sur mes oreilles et j'appuie de toutes mes forces. Le son s'amplifie. Je sens l'impact. Les murs tremblent. Une fine poussière tombe du plafond.

Nouvelle explosion. Plus proche. Le plâtre se fissure. Des plaques s'écroulent sur le sol.

Dans ma tête se forment des images de cinéma : de lourds bombardiers américains larguant leurs chapelets de bombes.

Elles tombent à côté quand…

La vieille femme aux yeux bridés s'accroupit devant moi. Elle sourit. Elle semble ne pas se soucier des risques.

Ne t'en fais pas, petite.

Suis-je au début ou à la fin de la série ? Suis-je sauvée ou vais-je mourir ?

Les bombes se rapprochent. Violent éclair. Je suis éblouie, aveuglée et sourde.

Les premières sont tombées au loin puis elles viennent vers moi. Combien y en a-t-il ? Pas le temps de trouver la réponse. Plus aucun sifflement. Alors mon cœur se soulève, les chairs s'arrachent, mon sang éclabousse.

Je meurs. Je suis morte.

Une voix froide, coupante comme un scalpel s'imprime dans mon âme : *Les os crient, la chair appelle... Entends mon souffle.* Mon sang se fige en cristaux de glace. Je ne respire plus.

L'étincelle blanche s'estompe et disparaît. À sa place, des particules de lumière chaude s'écoulent lentement dans mon corps. Une voix douce se forme dans ma tête.

Maman ? Maman ?

L'appel vient de loin. À peine audible. *Maman ? Maman ?*

J'ouvre les yeux.

Besoin de quelques secondes pour émerger de mon cauchemar.

— Tu m'as fait peur, maman.

La main de Mau se pose sur mon front.

— T'as pas de fièvre.

Je regarde l'heure.

— Un peu tôt, non, ma chérie ?

— T'as crié, je crois. Ça m'a fait peur. Je me suis réveillée.

— Juste un mauvais rêve, ça arrive à tout le monde. Allez ! Viens faire un câlin.

Mau se rue sur moi. Elle soulève la couette, se faufile en dessous et se blottit dans mes bras. Nous restons ainsi quelques minutes, sa tête au creux de mon cou. J'aime son odeur d'enfant. Je mesure tous les jours la chance d'avoir ma fille contre moi. Ce bonheur-là, l'amour que nous avons l'une pour l'autre suffisent à effacer tous les problèmes. Du moins, un temps.

Puis, brusquement, de ses petites mains, elle tente de me chatouiller.

— Nan ! C'est pas du jeu !

Je la repousse et m'enroule dans l'édredon. Mau se jette une nouvelle fois sur moi. J'amortis le choc avec mon oreiller.

— Un câlin, j'ai dit.

Elle se colle contre moi. Je l'embrasse et la serre très fort. Elle est ma chair. Une parcelle de mon être.

— Bonjour, ma chérie.

Si tu savais combien je t'aime.

Je ne le lui dis pas. Pas maintenant. Je le lui prouve chaque jour et le lui répète souvent. Ce n'est pourtant pas facile.

J'ai eu si souvent peur de la perdre. Parfois, j'ai le sentiment qu'elle perçoit les choses sans en avoir réellement conscience. Des perceptions presque animales. Comme les oiseaux sentant un orage, une tempête ou un tsunami. Alors, elle se rapproche et se love contre moi.

Mau vient de fêter ses six ans, et pour célébrer son anniversaire, j'ai cédé à sa requête.

— J'aimerais des photos, un album spécialement pour moi. Tu m'as dit que t'en avais de papa.

Comment refuser ? Nous vivons la situation classique d'une mère élevant seule son enfant. Le plus compliqué n'est pas la vie matérielle : je joins les deux bouts, comme on dit, je n'ai pas peur de la fin du mois… De ce côté, je n'ai pas de souci. Le plus difficile, c'est de lui offrir seule tout l'amour qu'elle devrait recevoir de ses deux parents.

Je ne sais pas s'il y a un âge pour connaître ses origines. Peut-on vivre dans le mensonge ? Dans une mystification idyllique de son passé ? Ou bien doit-on se confronter à la vérité, si terrifiante et cruelle soit-elle ?

J'ai décidé de guider ma fille sur un chemin parfaitement banalisé. Ce choix n'est pas le meilleur pour elle ni pour moi, mais j'estime que la réalité serait pire.

Alors, avec l'aide d'un ami adepte des logiciels de retouche photo et de traitement d'image, j'ai créé un album pour Mau.

Je lui ai inventé un père, un vrai père, amoureux de sa femme, attentionné pour sa fille et à l'écoute des choses de la vie. Un père trop vite parti… Un affreux accident.

Un jour, je lui raconterai la vérité.

Peut-être.

Je secoue la tête pour chasser ces idées.

— Allez ! On se lève, maintenant. Sinon, tu vas être en retard à l'école.

J'ouvre la fenêtre. La vie a déjà pris possession de la ville. La nuit est toujours là mais les mouvements du tram, des bus, des tables tirées sur la terrasse couverte du bar sous les arcades annoncent un nouveau jour. Au cœur de la ville de Brest. Place de la Liberté. Dernier étage, au quatrième de l'un des immeubles qui enserrent la place.

Quasiment dans l'alignement de la rue de Siam. Avec un peu d'imagination, je devine au loin le port militaire et de commerce avec ses grues colorées. Face à l'ouest. Les jours de tempête, le vent et la pluie viennent frapper de plein fouet mes fenêtres.

Derrière mon horizon, la presqu'île de Crozon et la pointe des Espagnols. Ensuite la mer d'Iroise et l'océan Atlantique.

Je ne vois pas si loin et n'irai en aucun cas par là. Je suis une terrienne. J'ai peur de la mer, de ses mouvements et de son immensité. Je ne suis jamais montée sur un bateau, même à quai, et pas question d'embarquer un jour.

— Mau, ton jus d'orange est prêt.

Le petit déjeuner. Un rituel. Un moment particulier. Ma fille et moi, nous nous préparons et chargeons les batteries en même temps.

Vingt minutes plus tard, après le passage obligé par la salle de bains, nous voilà toutes les deux prêtes à affronter la journée.

Dans l'ascenseur, on croise l'un des deux jeunes hommes sympathiques de l'étage du dessous. Une colocation de deux étudiants, avec de longues soirées et de courtes nuits. De temps en temps, je les entends sortir bruyamment avec des sacs remplis de bouteilles vides. Parfois, le matin, une ou deux filles inconnues prennent l'ascenseur à leur étage. Ils me font un sourire. J'envie leur désinvolture et leur joie de vivre.

Mau et moi sommes nées en décembre. Je viens de franchir le cap des quarante ans. Quarante et un précisément. Des amis plus âgés me disent que je suis encore jeune, dans la force de l'âge, en pleine possession de mes moyens physiques et intellectuels. Dans le regard des hommes et même de certaines femmes, je perçois que j'ai un charme naturel et un charisme qui semblent fonctionner. Est-ce dû à mes origines asiatiques, cambodgiennes pour être exacte ? Mes amies me parlent souvent de mes yeux finement plissés, de mon visage doux, si bien dessiné.

Visage bien dessiné ? Cette formule ne signifie rien. Mais on me le dit. Alors, j'accepte le compliment.

N'empêche… Mes deux voisins du dessous ne m'ont jamais invitée à leurs soirées. Pour eux, je suis sûrement une vieille. En forçant un peu le trait, je pourrais être leur mère. À peine vingt ans d'écart.

— Bonjour, madame. Salut, Mau. On n'a pas fait trop de bruit hier soir ?

Je souris.

— Y a eu pire.

Je le vois se décomposer.

— Non, je vous rassure. Pas de souci.

Je le sens soulagé.

Je relève le col du manteau de ma fille en sortant sur la place. Une bise piquante nous accueille.

Une dizaine de minutes à pied pour aller à l'école primaire Algésiras.

Devant la grille, j'embrasse Mau et lui donne les recommandations habituelles d'une mère à sa fille.

— Sois sage, écoute bien la maîtresse.

Et elle répond comme toutes les écolières le font à leur mère devant l'école :

— Bien sûr, maman.

Elle ne me lâche pas la main immédiatement.

— Maman ?

— Oui ?

— On pourra encore regarder l'album photo ? Tu me parleras de papa ?

Je l'embrasse sur le front.

— Après tes devoirs.

Je la regarde retrouver ses copines sous le préau.

Je suis heureuse de la voir épanouie. Du moins en apparence.

Et pourtant, je tisse une toile de mensonges autour d'elle. Un jour, je le payerai cash. En espérant qu'elle s'en sorte indemne. Mais ne suis-je pas en train de me mentir à moi aussi ?

Avant de retrouver mon travail de serveuse au pub-bistrot *La Petite Poésie*, à deux pas de mon appartement, j'ai le temps de rentrer chez moi me réchauffer.

En prenant l'ascenseur, je tombe sur le deuxième colocataire du dessous. Un bref « bonjour » me suffit pour comprendre que sa nuit a été difficile. D'ailleurs, l'odeur qu'il dégage en passant devant moi donne une idée de son alcoolémie de la veille. Travaillant dans un bar, je sais de quoi je parle.

Quatrième étage.

Je pousse la porte d'entrée et ressens une brutale oppression dans la poitrine. Sans raison apparente. Une angoisse non maîtrisée. Pas la première.

Je me dirige vers ma chambre et reste dans l'embrasure de la porte. Je regarde mon lit défait, le papier peint à changer et un poster d'Angkor Vat. Une magnifique photo d'un lever de soleil sur ce lieu mythique cambodgien. Une fierté pour le peuple khmer.

Mon angoisse ne faiblit pas. Je tente de réguler ma respiration. J'ouvre la fenêtre et prends de grosses inspirations d'air frais.

L'odeur me percute. Un mélange de poudre, de fumée, de poussière. Puis vient celle du sang, des corps meurtris et de la mort.

Devant moi, la ville avec ses habitants s'active. Pas de bombardiers ni d'explosions.

Pourquoi ai-je eu ce rêve cette nuit ? Il m'a semblé si réel. J'y étais. Je n'ai pourtant jamais vécu une telle situation. Troublant.

4

Travailler à *La Petite Poésie* est une aubaine. Juste en bas de chez moi, proche de l'école de ma fille et de différents transports en commun. Pas besoin d'un véhicule personnel. Si nécesssaire, il me suffit d'en louer un pour le week-end. Sortir de la ville est parfois indispensable pour s'aérer l'esprit.

Les belles plages sont assez loin de Brest. Pas question pour ma fille et moi d'aller nous baigner au Moulin-Blanc. Je n'ai jamais aimé cette grande plage. Durant les rares chaudes journées d'été, elle est noire de monde. Pourtant, à marée basse, les algues vertes envahissent les zones de baignade et de nombreux endroits sont spongieux et vaseux.

Le patron a accepté ma proposition d'horaires. J'assure l'ouverture du matin – dix heures est une heure raisonnable – et le service du midi, moment pendant lequel le bar se transforme en restaurant à la cuisine simple, issue des traditions culinaires des bistrots français et des pubs britanniques.

Je prends une courte pause après le déjeuner et je pars chercher ma fille à la garderie vers dix-huit heures.

Pas de soirée ni de samedi. Le salaire est en rapport. Heureusement, j'ai un pécule conséquent me permettant de subvenir à nos besoins, même sans travailler.

Une chance ? Pas vraiment. Il provient d'une forte indemnisation pour préjudice physique et moral. Sur ce coup, l'État a été rapide à me la verser.

Mais je ne veux pas vivre uniquement de cet argent. En quelque sorte, il est sale. Je ne l'ai pas gagné à la sueur de mon front, à la force de mes bras ni grâce à mon intelligence.

Je suis une survivante. Ma fille aussi. Alors, la justice française a jugé que j'avais le droit à cette compensation pour nous reconstruire.

Je l'ai prise sans rechigner. Jamais elle ne pourra effacer mes souvenirs, mes peurs. Mes terreurs. Je suis une femme courageuse et une mère exemplaire, paraît-il. Foutaises. J'ai simplement réagi comme une femelle protégeant sa progéniture. Une louve dans une forêt hostile.

Ouvrant à dix heures, nous n'avons pas une clientèle d'habitués matinaux qui boivent rapidement un café, une bière ou même un calva.

Nos clients arrivent surtout au moment du déjeuner.

Certains ont des places attitrées. En cette période de l'année, quelques tables restent à l'extérieur pour les fumeurs. Le patron a investi dans des parasols, utiles contre la pluie, et dans des radiateurs à gaz pour terrasse. Une hérésie au moment où l'on parle d'économies d'énergie et de température de la planète. Pour permettre aux fumeurs d'entretenir leur cancer, on participe aussi à réchauffer l'atmosphère.

En revanche, l'intérieur est chaud et plein de poésie. D'où son nom. Des tables vieillottes avec des banquettes en skaï imitation années cinquante. D'autres sont fabriquées à partir de tonneaux de vin.

Un bar central immense où une trentaine de personnes peuvent s'entasser, et, au milieu, des dizaines et des dizaines de bouteilles posées sur un présentoir en escalier. Des bières et de nombreux whiskys avec une montée progressive en gamme. Ici, spécial houblon et malt. Léger, tourbé, dont la teneur en alcool peut dépasser les cinquante degrés.

À boire avec modération. Bien sûr, c'est l'habitude à Brest et en Bretagne.

À la table du fond, deux fois par semaine, les mardis et jeudis midi, vient s'asseoir M. Jacques. Je ne sais pas si Jacques est son prénom ou son patronyme. Pas vraiment important. Des années de fidélité. Réglé comme du papier à musique. Ponctuel à l'heure d'arrivée. La même commande à chaque fois : un *fish and chips* sauce tartare, accompagné d'un thé. Les mêmes mots un peu coupables : « Je ne devrais pas… Mauvais pour la santé, mais le vôtre est tellement bon. » Puis, pour finir, paiement en espèces avec un large pourboire en me précisant : « Il est exclusivement pour vous. » Rien de déplacé dans sa façon de faire. Cet homme n'est pas un dragueur.

Avec le temps, j'ai appris qu'il est psychothérapeute, ou psychiatre, je ne sais pas trop. Il intervient deux fois par semaine à la faculté de médecine, proche d'ici. Le reste du temps, il pratique dans un cabinet privé.

— Merci.

— Voilà votre plat préféré. Un jour vous devriez tester autre chose. On a des pièces de viande grillées, des salades et même des burgers. Vous savez, ils n'ont rien à voir avec ceux de la restauration rapide.

M. Jacques ouvre ses mains sur son assiette.

— Ce plat me va très bien.

Je lui souris et retourne vers les autres clients. Le coup de feu. Je dois être réactive. Durant ces quelques heures, l'esprit est occupé. Je pense uniquement à mon travail et à satisfaire les clients.

Parfois, j'ai l'impression d'être transparente. Je prends la commande à des tables où l'on parle boulot. Ou bien des groupes d'amis échangent sur leur nuit, leur journée ou leurs projets du week-end.

D'autres fois, j'ai la désagréable sensation d'être déshabillée. Des hommes seuls me dévisagent de manière ostentatoire. Très gênant. Ne pas entrer dans leur jeu. Montrer sans ambiguïté mon désintérêt. La plupart du temps, un regard suffit. Si nécessaire, une phrase au ton cassant remet les importuns à leur place.

Évidemment, quand le client a trop bu, le patron du bar peut être obligé d'intervenir. Son aplomb et sa stature imposent le respect. Même à ceux qui ont une alcoolémie élevée.

Je suis en permanence au contact d'une multitude de gens et pourtant j'ai choisi d'être seule. Seule avec ma fille.

Dans mon appartement. Dans la rue.

Dans l'existence.

Je ne veux pas de cette vie pour Mau.

Elle est heureusement entourée d'amies. Sans qu'elle le sache, je les ai sélectionnées. Disons que j'ai veillé à ce que leurs proches correspondent à mes valeurs. Rien de religieux ni de politique. Un couple homosexuel ne me dérange absolument pas.

Deux hommes ou deux femmes peuvent apporter beaucoup d'amour à un enfant, qu'il soit ou non de leur sang.

Je sais de quoi je parle.

Mes parents, ceux qui m'ont élevée, ne sont pas mes géniteurs.

Pas difficile de s'en rendre compte. Ma mère est blonde au teint pâle. Mon père était la résultante d'un amour métissé entre une Bretonne et un Camerounais.

Un très bel homme.

Une très belle famille.

Moi, j'ai les yeux bridés et je suis plutôt petite.

Dès l'âge où j'ai pu le comprendre, mes parents m'ont parlé de mon adoption. Au fur et à mesure que j'appréhendais mon environnement puis la société et le monde dans leur ensemble, ils ont apporté des réponses à mes questions.

Avec les connaissances qu'ils avaient.

M'ont-ils tout dit sur ma naissance ? Sur mon passé ?

Ils en savaient peu : un orphelinat, des bébés prêts pour l'adoption et une somme importante d'argent sur la table.

Classique et dramatique en même temps.

J'ai pourtant eu une enfance heureuse.

— Voilà la note, monsieur.

M. Jacques pose un billet sur le ticket de caisse.

— Gardez la monnaie, s'il vous plaît.

Sans lui demander l'autorisation, je m'assieds face à lui. Je ne sais pas pourquoi je fais ça aujourd'hui.

— Vous me laissez trop de pourboires, monsieur. C'est gênant. Pourquoi me donner autant ? Je suis payée pour ce travail. Je n'ai pas besoin de… de votre…

Je sens ma gorge se serrer. Une montée d'émotion sans raison.

Il sourit et tente de finir ma phrase.

— De mon aide ? D'une aumône ? De ma compassion ? Ou bien des trois en même temps ? Si c'est ce que vous croyez, j'en suis désolé.

Il reprend le billet, le range dans son portefeuille et pose une carte bleue sur la note.

Confuse, je me lève et reviens avec le boîtier de paiement. Je découpe la facturette et la lui tends en même temps que sa carte.

— Désolé de vous avoir offusquée, madame. Loin de moi l'idée de vous mettre mal à l'aise. Je vous souhaite une bonne journée et vous dis à jeudi.

Je le regarde sortir du restaurant, sans avoir obtenu de réponse à ma question.

Le sourire de Mau est un bonheur. Nous sommes heureuses de nous retrouver après la garderie du soir. Ma fille est ma vie, toute ma vie.

Mau me reparle de son album photo. Le chantage est facile :

— Avant, il y a les devoirs, ensuite le bain puis le repas.

— Dans le lit, alors.

Assise sur sa couette, j'accueille Mau qui vient se blottir contre moi. Elle met l'album sur mes genoux et l'ouvre à la première page.

Photographie traditionnelle de naissance. Elle est dans mes bras. Une heure après qu'elle a vu le jour.

Jamais je n'oublierai ce moment.

Ce cliché est unique.

— C'est ton papa qui a pris la photo.

Là, je ne lui mens pas.

La seule vérité de l'album. Le reste est un montage, un faux.

Je tourne les pages et je m'entends lui raconter une histoire inventée et pourtant si crédible à ses yeux. À force de la lui avoir rabâchée, je la connais par cœur.

Mais à chaque fois que je lui décris son père comme un homme bon, aimant, je m'enfonce inexorablement dans une imposture dont il me sera impossible de sortir indemne. Un mensonge en appelle un autre. Un jour, je serai obligée de lui avouer la vérité.

Peut-être pas.

J'arrive à me mentir.

Je ferme l'album. Ma fille a des étoiles dans les yeux, dans la tête. Elle doit être malheureuse de ne pas avoir de souvenirs de son père. À un an, pas de mémoire dans laquelle on peut fouiner. Je lui ai fabriqué une histoire vraisemblable.

Je la borde et lui claque de grosses bises sur les joues et le front.

— Je t'aime, maman.

— Moi aussi, ma petite fille. Je t'aime très, très fort, Mau.

— Tu laisses la veilleuse ?

— Bien sûr.

Je quitte sa chambre les larmes aux yeux.

Heureuse et honteuse.

Je dois la protéger.

J'avale mes trois comprimés avec un grand verre d'eau. Besoin d'être anesthésiée pour dormir quelques heures sans rêves ni cauchemars.

Mais ça ne fonctionne pas.

La vieille femme est assise sur ses talons, devant moi. Je suis dans un coin de la pièce. Elle me sourit en passant légèrement un doigt sur ma joue.

Tu n'as rien à craindre.

Mais si, j'ai peur. Pire, je suis tétanisée. Une frayeur terrible. Comme fait-elle pour ne pas entendre ? Je lui crie qu'elle doit se protéger, se cacher. Fuyons !

Ils reviennent. Ils sont haut dans le ciel. Je le perçois au bruit des moteurs.

Puis le sifflement des bombes qui tombent en chapelets. Les explosions se rapprochent. Les sons deviennent puissants.

Un brusque silence. La femme âgée ne sourit plus.

Un silence de mort. La prochaine bombe est pour nous.

Tout est brutalement sombre. Rouge sang et noir de poussière.

Je vois la vieille femme se déchirer. J'entends ses os crier et ses chairs appeler. Une milliseconde. Le temps de mourir.

Je me redresse dans mon lit, trempée de sueur. Les médicaments sont inefficaces. Ou bien la dose est trop forte et ce sont eux qui provoquent ces cauchemars. Deux fois en deux nuits.

J'entends du bruit dans la rue.

Rien d'étonnant sur cette place. Entre les fêtards et les dealers jouant à cache-cache avec la police, les nuits ne sont jamais calmes. Sans parler de mes voisins du dessous.

Je tente de regarder à travers les fentes des volets. La clarté extérieure est bizarre. Feutrée. Jaune. Une lumière dont on voudrait qu'elle soit invisible de loin.

Je ne distingue plus la place.

Qu'est-il arrivé à la ville ?

Ma curiosité est plus forte que ma peur.

J'ouvre la fenêtre et pousse les volets.

Un groupe d'hommes en file indienne passe dans la rue, un chemin en terre battue. Pourquoi ne suis-je pas au bon étage ? Je pourrais les toucher. Je suis au rez-de-chaussée.

Ils marchent les uns derrière les autres. Je tourne la tête mais ne vois ni le début ni la fin de la file.

Ils sont habillés de toile grise, pantalons, chemises et casquettes identiques. Ils portent de lourdes charges sur le dos ou poussent des vélos débordant de sacs et de colis.

Un homme se retourne vers moi et, d'une voix chuchotante, m'ordonne en français de fermer la fenêtre.

La lumière ! Elle va nous trahir ! Ferme les volets !

Je reste interrogative. Où suis-je ?

Un autre homme pointe le ciel du doigt.

Ils arrivent.

Les bombardiers s'illuminent. Malgré la distance, je vois les soutes qui s'ouvrent. Les bombes basculent dans le vide et se stabilisent, ogive vers le sol. Puis arrivent le sifflement et les explosions.

Je ferme la fenêtre et je me blottis dans un coin de ma chambre.

La vieille femme me sourit et me caresse la joue.

Silence.

Sang et poussière.

Plusieurs minutes sans bouger. Je me persuade que je dois sortir de ce cauchemar. Je pense à ma fille. Pourquoi ne s'est-elle pas levée ? Elle est peut-être terrorisée par les éclairs et les explosions. J'allume ma lampe de chevet et je me dirige vers la salle de bains pour prendre un verre d'eau avant d'aller la retrouver.

Je suis face au miroir et ce que je vois me tétanise. Ce reflet n'est pas le mien.

J'ai devant moi une autre femme.

5

**Centre pénitentiaire,
quelque part en France, mars 2019**

Gilles Kerlat tapait nerveusement sur le clavier de son ordinateur portable. Rares étaient les détenus pouvant se payer ce type d'appareil et le conserver en cellule. Il avait dû au préalable justifier son achat.

Dès son entrée dans cette prison, il était devenu un détenu modèle. Pas de vagues. Les tueurs et violeurs d'enfants étaient en danger aussitôt passé les portes. Les gardiens assuraient la circulation de l'information. En quelques heures, l'ensemble du centre avait été averti de l'incarcération de Gilles Kerlat, le pire des criminels français.

Une hiérarchie bien établie. En haut de l'échelle, les braqueurs de banques, de fourgons blindés, ceux qui avaient l'envergure et l'intelligence de s'attaquer au grand capitalisme. Des Robins des Bois modernes. L'argent n'était jamais redistribué aux nécessiteux mais les gangsters avaient spolié des nantis.

En bas, les violeurs.

Et au fond de la fosse, les violeurs et tueurs d'enfants.

En chaque criminel sommeillait plus ou moins un mari, un père… sauf chez cet homme-là. Dans les travées, on entendait des menaces de mutilation et de mort. Rarement des paroles en l'air.

Gilles Kerlat avait le privilège d'occuper une cellule dans le quartier de haute sécurité. Une mesure de protection. Ses sorties journalières dans la cour de promenade se déroulaient seul.

Restaient les insultes lancées des fenêtres.

Au vu de ses crimes, Gilles Kerlat aurait dû bénéficier d'un suivi psychiatrique. Il s'était bien gardé de le rappeler à l'institution judiciaire, qui ne semblait pas pressée de le lui octroyer. Perpétuité avec trente ans incompressibles. Largement le temps de mettre en place des mesures coercitives. Pas question pour l'instant d'envisager une quelconque réadaptation au monde extérieur. À quarante ans, il y avait une forte probabilité qu'il meure en prison.

Le système judiciaire avait d'autres priorités. Le retour des djihadistes français, hommes, femmes et enfants, posait un problème de réinsertion plus important que le cas isolé d'un pédophile meurtrier multirécidiviste. Il avait été mis hors d'état de nuire, et son isolement garantissait à la société la protection à laquelle elle avait droit.

Gilles Kerlat avait dû débourser le double du prix normal pour obtenir cet ordinateur. Étonnamment, personne ne s'était demandé avec quel argent il avait pu se l'offrir. L'ensemble de ses biens et de ses comptes bancaires avait été saisi. Argent gagné de façon illicite. Photos, films à caractère porno-pédophile et *snuff movies* lui avaient rapporté un pactole confortable au fil des années mais étaient aussi devenus des preuves irréfutables de ses exactions perverses, les enfants étant reconnaissables.

Le service informatique attaché au centre pénitentiaire avait « préparé » l'appareil pour éviter toute connexion avec l'extérieur. Il avait accès à CLIPeNET, un logiciel fonctionnant dans la structure du réseau local installé dans la bibliothèque. Gilles Kerlat s'y rendait à des heures spécifiques, quand les autres prisonniers n'y étaient pas. Pas de Wifi. Pour accéder à une centaine de sites bien précis, il devait se connecter par l'intermédiaire d'un câble sur le serveur interne.

Ces sites ne présentaient aucun intérêt pour lui, et les rares jeux vidéo disponibles étaient obsolètes.

— Quelle en sera l'utilisation ? lui avait demandé la directrice du centre pénitentiaire.

— Je souhaite écrire mes Mémoires.

Elle avait levé les sourcils d'étonnement.

— Une forme de rédemption ou bien une mise à plat de votre perversion ?

— J'ai été jugé, madame. J'ai pris la peine la plus lourde possible. Donnez-moi la possibilité de réfléchir à mes actes, au mal que j'ai essaimé autour de moi. Une rédemption ? Je ne sais pas. Une confession, peut-être.

— Lors de votre procès, vous n'avez émis aucun regret ni demandé le moindre pardon aux parents des victimes.

— Vous semblez bien connaître mon dossier.

— Votre condamnation est exceptionnelle. Un cas d'école pour le système judiciaire. Une peine de cette ampleur est rarissime en France.

— Depuis mon arrivée dans cette prison, il n'y a eu aucun signalement de la part des gardiens. Je veux être un détenu vertueux, ne poser aucun problème et purger ma peine en toute quiétude.

— Vous avoir comme pensionnaire dans mon établissement est source de difficultés. Les autres détenus sont nerveux et certains sont prêts à en découdre avec vous. J'ai aussi pour mission de vous protéger.

La directrice l'avait fixé intensément. Les yeux dans les yeux. Peut-être avait-elle cherché à sonder la véritable raison de sa demande.

Gilles Kerlat avait baissé la tête en signe de reddition. Était-ce une fausse humilité ? Comment un homme ayant commis des tortures, des viols et le meurtre de tant de mineurs, d'enfants si jeunes, pouvait-il montrer des signes de compassion ?

— Je sais. Je suis en sursis. À la moindre occasion, je risque d'être tué ou mutilé par l'un de mes codétenus.

Elle avait conscience de l'intelligence et de l'érudition de cet homme. Un dévoreur de livres. Autodidacte. Sans aucun diplôme en main, il avait obtenu un remplacement de magasinier dans une cité scolaire aux formations professionnelles et technologiques. Avec le temps, son statut de contractuel s'était transformé en titulaire du poste. S'il avait voulu, il aurait pu passer le concours d'enseignant et, sans aucun doute, le réussir.

— Et reprendre des études ? lui demanda la directrice.

— J'y pense. La philosophie me tente bien. L'ordinateur que je souhaite acquérir m'aiderait. La bibliothèque de la prison n'est pas très fournie dans ce domaine mais, par l'intermédiaire de mon avocat, je pourrais obtenir les livres nécessaires à mes nouvelles recherches.

Était-elle naïve à ce point ? Gilles Kerlat, l'homme le plus vicieux et dépravé qu'elle avait pu rencontrer durant sa carrière, possédait un charisme évident. Il l'avait plusieurs fois démontré avec ses victimes. Durant le procès, les jurés avaient pu mesurer l'emprise psychologique qu'il avait sur les gens mais, face aux preuves macabres, ils avaient rapidement mis de côté ce « magnétisme ». Les experts psychiatriques avaient retourné ce trait de personnalité contre lui. Il avait mis ses capacités de séduction au service de sa perversité hors norme.

Durant le procès, les jurés s'étaient interrogés un instant sur le paradoxe que constituait son intelligence et son manque de prudence pour exécuter puis cacher ses actions meurtrières. Quand la police s'était intéressée aux déclarations de son épouse l'accusant d'actes de pédophilie, de viols et de meurtres sur mineurs, il n'avait pas été difficile de le confondre. Peu de précautions. Il avait laissé de nombreuses traces ADN compromettantes et les enquêteurs spécialisés dans la cybercriminalité avaient accédé facilement au contenu de son ordinateur. Les pulsions sexuelles déviantes de Gilles Kerlat l'avaient rendu imprudent.

La directrice du centre pénitentiaire avait conclu que l'autoriser à posséder un ordinateur portable, avec les restrictions imposées par les règles de la détention, ne paraissait pas être une si mauvaise chose.

— Puissiez-vous avec cet outil trouver une aide à la réflexion. Évidemment, aucun de vos écrits ne pourra sortir d'ici sans mon accord préalable.

— Vous en serez la première destinataire. Je m'engage sur ce point.

Le temps carcéral étant particulièrement long, Gilles Kerlat avait dû attendre plusieurs semaines avant d'obtenir le matériel souhaité : ordinateur portable, imprimante laser assortie des consommables indispensables : cartouches d'encre et ramettes de papier.

*

Clé dans la serrure. Double tour. Levée du loquet.

Le gardien poussa la porte.

— Laisse ton ordi, Kerlat. Parloir.

— Qui c'est ?

— Ton avocat.

Gilles Kerlat prit son temps pour sauvegarder son travail en cours.

— J'ai pas la journée. Dépêche-toi !

— J'arrive…

Il retrouva son défenseur dans l'une des minuscules pièces réservées aux visites avec, au centre, une table et deux chaises. À son entrée, l'avocat ne daigna pas se lever. Aucune formule de politesse. Ils ne se serrèrent pas la main. Une certaine amertume régnait entre les deux hommes.

À chaque fois que maître Alain de La Villy se retrouvait en présence de Gilles Kerlat, il n'avait de cesse de se répéter que dans un État de droit comme la France, chaque individu devait être justement défendu quelle que soit la monstruosité de ses actes.

Gilles Kerlat posa les mains à plat sur la table. Il fixa son visiteur.

— Vous avez ce que je vous ai demandé ?

6

Une première pour moi. Jusqu'alors je n'avais jamais consulté un psychologue ou un psychiatre. Pas envie qu'un étranger fouille dans ma tête, cherche à connaître mes traumatismes. M. Jacques m'a donné sa carte quand je lui ai vaguement parlé de mes cauchemars lors de son dernier déjeuner à *La Petite Poésie*. Pas le temps ni le moment pour lui détailler mes rêves.

Il a pianoté sur son téléphone et m'a proposé un rendez-vous le samedi suivant à dix heures.

J'ai déposé Mau chez sa grand-mère, ma mère adoptive. Elles sont heureuses de se retrouver. Une mamie gâteau. Je lui ai laissé mes consignes : pas trop de sucreries pour Mau.

— Tu me la confies, Champey. Alors je gère. Ne t'inquiète pas. On va cuisiner ensemble d'excellents produits. D'ailleurs, tu déjeunes avec nous ce midi. Tu verras.

Immense sourire de ma fille.

Je suis devant la porte de M. Jacques. Jacques est son prénom. Son patronyme est Utreb, Jacques Utreb, psychothérapeute. Je ne discerne pas véritablement les nuances entre les différents métiers dans ce domaine.

Je sais seulement qu'un psychiatre est un médecin pouvant prescrire des médicaments – somnifères, anxiolytiques et antidépresseurs. Je suis soulagée qu'il ne fasse pas partie de cette catégorie. Je ne veux pas être fracassée par des molécules.

J'ai lu de nombreux articles, commentaires et blogs plus ou moins sérieux là-dessus. Certains sites basculent du côté complotiste. Selon eux, pour augmenter leurs profits, les industries pharmaceutiques, avec la complicité des médecins, mettraient la population sous la domination de molécules comme la buspirone ou l'hydroxyzine. À terme, une forme de dépendance se crée et le patient devient accro. Grosses ventes assurées.

J'avale déjà des somnifères. Quelques années plus tôt, ils m'ont paru utiles pour dormir, tant ma vie était chaotique.

Je les prends toujours.

Je regarde la plaque fixée sur la porte. Le nom Utreb ne m'est pas inconnu. Je l'ai déjà entendu à plusieurs reprises mais je ne me souviens plus dans quelles circonstances. Je lui demanderai.

J'hésite. Je me sens inquiète de rencontrer cet homme que je connais un peu. Pas tant que ça en réalité. Un simple habitué de *La Petite Poésie*. Nos échanges n'ont jamais dépassé réellement ceux d'une serveuse avec un client. Je vais tout de même me livrer, lui raconter mes craintes.

Avant de venir, j'ai surfé sur le Net pour collecter des avis. Ne pas leur donner trop d'importance. Uniquement de bons commentaires. « Excellent thérapeute », « Il m'a sauvé la vie », ai-je pu lire. Aucune observation négative. J'ai donc fini par me décider à franchir le pas.

Porte vitrée avec bouton d'appel. La serrure se déclenche à distance. Son cabinet est au premier étage.

C'est un appartement dans un petit immeuble bourgeois de Brest. Il m'accueille en haut de l'escalier avec un grand sourire.

— Entrez.

Je pénètre dans une pièce faisant normalement office de salle à manger puis il me conduit à son bureau.

— Asseyez-vous.

J'hésite. Un canapé. Trois fauteuils identiques. Deux sont côte à côte, le troisième leur fait face. Il s'y assied avant moi et me montre ma place.

— Vous choisissez l'un ou l'autre. Pas de canapé pour une première séance.

Les murs sont recouverts d'une tapisserie neutre, d'un ton chaud. Aucun cadre, tableau de paysage ou portrait sur lequel le regard pourrait s'accrocher. Pas de table entre nous. L'environnement de cette pièce semble étudié pour encourager les échanges. À la droite de Jacques Utreb, des objets anodins sont posés sur un petit meuble. Des jouets pour enfants. Au milieu d'eux, un réveil. Un repère temporel. Le sol est recouvert d'une moquette de même teinte que les murs. Au centre, un tapis. Le repère spatial. Chacun de son côté. Tout ici respire la bienveillance. Une bulle favorisant les confidences des patients.

Je devrais me sentir bien dans ce lieu protégé, et pourtant, je me sens gênée. Je ne sais comment commencer ni de quoi parler.

— Je n'ai pas votre nom de famille, Champey.

— Le Roy. Champey Le Roy.

— Sans me tromper, Le Roy est un nom d'origine bretonne, mais Champey ?

— Mon prénom est cambodgien.

Je souris et d'une main pointe mon visage.

— Ça se voit. Je suis une enfant adoptée.

— On abordera cet aspect de votre vie si vous le désirez mais pour l'instant, expliquez-moi ce qui vous amène. On parle un peu de ce problème, si c'en est un, et je vous dirai ensuite si je souhaite vous avoir comme patiente et vous, si vous voulez me garder comme thérapeute.

Je suis soulagée de cette entrée en matière. Je ne serai pas la seule à parler. La séance est basée sur le dialogue. Et il laisse la porte ouverte pour me permettre de ne pas poursuivre.

Sans retenue, je lui raconte mes cauchemars : les bombardements, la peur de mourir, la vieille femme qui ne semble pas se soucier de sa vie, les hommes en file indienne transportant de lourdes charges dans un lieu inconnu puis ce visage dans le miroir qui n'est pas le mien.

À sa demande, je lui décris le physique des hommes. En m'entendant parler, je me rends compte qu'ils sont asiatiques. J'imagine de l'Asie du Sud-Est, Vietnamiens, Thaïlandais ou Cambodgiens. La vieille dame aussi. Quant à la femme dans le miroir, je l'associe à la même origine.

— Vous souvenez-vous exactement de la date de votre premier cauchemar ?

— En janvier. Une nuit de lundi à mardi. J'en suis certaine. J'en ai été bouleversée la journée entière. C'est ce mardi-là que je me suis assise à votre table. J'étais en colère à cause de vos généreux pourboires. D'ailleurs, vous n'avez pas répondu à ma question.

— Laquelle ?

— Pourquoi autant d'argent ?

Jacques Utreb sourit.

— Je vous l'expliquerai, mais pas maintenant… Donc la date était… ?

— Dans la nuit du 21 au 22 janvier.

— Si vous n'aviez jamais fait ce cauchemar avant ce jour mais que, depuis, il est récurrent, c'est que cette date doit être importante. Que vous inspire-t-elle ? Une naissance ? Un décès ? Une joie inhabituelle ou, à l'inverse, un traumatisme ?

Je reste quelques secondes silencieuse, recluse dans mes pensées.

— J'ai beau chercher, je ne vois pas.

— Pour le moment. En y réfléchissant plus longuement, vous trouverez éventuellement un lien.

— Vous avez une idée ?

— Parfois, le subconscient garde des informations, des événements marquants, positifs ou non. Le conscient les a volontairement refoulés. Dans le cas du viol d'un très jeune enfant par exemple : son cerveau occulte les faits et le traumatisme induit, pour qu'il puisse simplement continuer à vivre. Et puis une image, un film, la rencontre fortuite avec quelqu'un ressemblant au violeur, ou une odeur – et un tiroir de la mémoire soigneusement fermé et enfoui au plus profond des méandres des souvenirs s'entrouvre. Ça peut se traduire par des cauchemars, une sensation de mal-être, des bouffées d'angoisse qu'il est nécessaire d'interpréter. S'ensuit la nécessité de tout mettre à plat, de solder le passé.

Le mot « viol » me percute comme un coup de poing. Je n'ai jamais subi ces violences mais j'ai été directement concernée. Pire, ces viols étaient accompagnés de séquestrations et de tortures pour finalement aboutir à la mort des violés. De très jeunes enfants.

Jacques Utreb perçoit mon trouble, j'en suis certaine. Il ne continue pas sur ce chemin.

— Bien sûr, il existe d'autres pistes. Si le 21 ou le 22 janvier est une date importante, elle peut correspondre à quelqu'un d'autre, à une personne intime. Un parent, un ami très proche par exemple. Explorez cette piste.

Un long silence s'installe entre nous. Je suis sans réaction. Perdue. Puis, brusquement, Jacques Utreb me pose une question à laquelle je ne m'attends pas.

— À quel âge avez-vous été adoptée ?

— J'avais un an.

— Vous en êtes certaine ?

Nouveau silence. Je suis perturbée.

— Oui... Je crois... C'est ce que m'a toujours dit ma mère.

— Votre mère ? Et votre père ?

Mes yeux s'embuent de larmes.

Jacques Utreb lève les mains en signe de reddition.

— Trop d'un coup. Je suis désolé. On va trop vite. Les choses se superposent. Revenons à vos cauchemars.

La séance se termine sur un commun accord : je deviens la patiente du psychothérapeute Jacques Utreb.

Je sors mon chéquier et lui demande combien je lui dois. Il refuse.

— La première séance est gratuite.

Il fixe le prix des suivantes.

Durant le trajet en tram qui me ramène chez ma mère, je ressens un grand vide. La sensation d'être épuisée. Une journée de travail à *La Petite Poésie* est moins fatigante.

Je n'ai aucune idée de ce sur quoi cela va déboucher. Le psy a vraiment pris au sérieux mes cauchemars. Il m'a posé de nombreuses questions. À chaque fois, il voulait des réponses précises. Étais-je capable de citer le type de bombardiers ? Les images étaient-elles en couleur ou en noir et blanc ? Me suis-je crue morte ? Ou bien est-ce que je survivais aux bombardements ? En quelle langue les gens me parlaient-ils ? Et tant d'autres encore… Un véritable interrogatoire de police.

J'éprouve aussi une gêne. Un drôle de sentiment. Celui d'avoir face à moi un homme qui connaît bien ma vie. Mieux que moi. Déstabilisant. De nombreux sujets émergent. Je ressens un besoin urgent de me replonger dans mon passé. Je devrais dire « mes passés ». Je ne sais rien du temps d'avant mon adoption. Ensuite, jusqu'à mes cinq ans, mes souvenirs ne sont pas les miens. J'ai intégré les histoires racontées par mes parents adoptifs.

Puis il y a eu la rencontre avec Gilles, un coup de foudre réciproque. La fête d'anniversaire d'une amie commune. J'étais arrivée dans les premiers. Lui, en dernier. J'étais assise face à la porte d'accès du barnum installé pour l'occasion sur la pelouse. Je n'avais plus l'âge d'une midinette flashant sur tous les beaux mecs. Quelques aventures sans lendemain. Jusqu'alors un mois avec un homme avait été mon record. Les phéromones n'étaient jamais en phase. Surtout le matin. Ma vie de célibataire me convenait parfaitement.

Gilles est entré et tout a basculé. Il a fait le tour de l'assistance et a embrassé quelques filles. Leurs regards en disaient long sur ce qu'il dégageait naturellement. Pas du tout un frimeur mais un homme sûr de lui et de son charme.

Il m'a tendu la main et je me suis levée pour la lui serrer.

— Gilles.

— Champey.

Que dire d'autre ? Je me suis trouvée bête et surtout troublée. Une sensation combinée d'émotion et de désir. Jamais je n'avais ressenti cela. L'impression d'être une ado devant le beau blond aux yeux bleus du lycée entouré de ses nombreuses prétendantes. Sauf que lui avait la tête rasée, une barbe de trois jours, et les yeux gris. Grand. Bien trop grand pour moi – les Cambodgiens sont plus petits que les Européens. Le corps moulé dans une chemise cintrée, couleur assortie au jean, manches remontées sur sa peau hâlée. Chaussures bleues en daim.

Il a été immédiatement sollicité par la gent féminine. Sans bouger de mon siège, j'ai passé une grande partie de la soirée à l'observer. J'éprouvais une pointe de jalousie à regarder toutes ces filles lui tourner autour.

Vers le milieu de la nuit, la musique incitait naturellement à danser. Je n'osais pas me lever. Tubes des années quatre-vingt puis de la décennie suivante.

Quand est venue la série des inévitables slows, il s'est dirigé vers moi.

— Puis-je me permettre, Champey ? m'a-t-il dit en me tendant la main.

Still Loving You, du groupe Scorpions. Le titre de ma vie. « Je t'aime encore », alors que rien n'avait commencé.

Au contact de sa peau et de son odeur, nouveau trouble. Collée à lui, je sentais sa musculature. Pas une once de gras. On a enchaîné les morceaux. Ce soir-là, j'ai été l'unique cavalière de Gilles. Un pur bonheur.

Moins d'un an plus tard, nous étions mariés, et Mau est apparue dans notre vie six mois après. Pas un accident. Une envie, un besoin commun.

Je ne savais presque rien de lui et encore moins de son passé. Amoureuse et aveugle.

Mon existence s'est écroulée quand j'ai découvert la nature réelle de cet homme aux deux visages. Un être aimant avec lequel j'ai désiré avoir un enfant et un prédateur hors du commun. Je suis celle qui l'a fait tomber. Je me suis partiellement effondrée en même temps.

Si je n'avais pas eu ma fille, je ne serais sûrement plus de ce monde.

Mau, moitié Gilles Kerlat, moitié Champey Le Roy… Génétiquement parlant. Pour moi, elle est ma fille uniquement. Elle n'a plus de père.

Arrivée devant la porte de la maisonnette où j'ai grandi, je m'arrête quelques instants avant d'entrer. Je ferme les yeux et respire profondément. La séance chez le psychologue a ébranlé mes certitudes quant à mes racines et à mon enfance. On a tous besoin, un jour ou l'autre, de se replonger dans son passé, de connaître la vérité sur ses origines. Mau a exactement la même demande quand elle feuillette son album photo.

J'éprouve de la culpabilité en la maintenant dans le mensonge, mais elle n'a que six ans ! À quel âge pourra-t-elle comprendre la monstruosité de son père ? Je suis convaincue qu'aujourd'hui ce serait une charge trop lourde pour elle. Dans quels termes la lui révéler ? Comment trouver le moment adéquat ? Six ans, c'est trop tôt, certes, mais si elle l'apprend trop tard, et dans des conditions brutales, elle risque de me reprocher de lui avoir menti et de rester traumatisée malgré toutes les précautions dont je l'entoure.

Un jour, elle saura. J'en suis certaine.

Je pousse la porte. Pleine de joie, Mau me saute dans les bras.

— J'ai cuisiné avec mamie !

La voix de ma mère dans la cuisine.

— Oh, moi, je n'ai pas fait grand-chose. Ta fille a quasiment tout préparé.

Bouffée de bonheur.

7

Nous avons rangé la cuisine toutes les trois. Ma fille est rayonnante. Elle joue à la parfaite femme au foyer. Je ne pense pourtant pas l'éduquer dans ce sens. J'aimerais qu'elle devienne une personne épanouie, libre et autonome avec un vrai métier. Être serveuse dans un bar n'est pas un objectif de carrière. Pour moi, ça a été une opportunité. Ou plutôt une fuite. J'avais besoin d'un travail, quel qu'il soit, pour sortir de l'enfermement psychique dans lequel je me trouvais. Découvrir les atrocités perpétrées par mon mari a été terriblement traumatisant. Tout ce à quoi je croyais s'est écroulé instantanément. Le dénoncer a été encore plus violent. Je m'étais persuadée à l'époque que je devais le faire pour les victimes. Mais surtout pour éviter qu'il y en ait de nouvelles. Je n'avais jamais imaginé les souffrances et les violences que j'allais endurer par la suite.

À l'école, je n'étais pas une bonne élève. Aucun problème de compréhension ni d'intelligence mais un refus des règles imposées à tous. Une forme de rébellion. Je devrai un jour en parler à Jacques Utreb.

Très vite, j'ai fait des petits boulots dans des fast-foods. Rythme effréné sans réelle reconnaissance. J'ai essayé le métier de caissière en supermarché, un léger mieux.

Tâches répétitives. Pas plus d'avenir. À vingt-deux ans, j'ai repris des études et j'ai fini par décrocher un BTS de commerce. J'ai quitté l'alimentaire pour l'habillement. Je suis devenue vendeuse dans un magasin de prêt-à-porter. Je l'étais toujours quand j'ai connu Kerlat. L'arrivée de Mau m'a fait lâcher ce travail.

Même si l'activité de serveuse n'est pas si éloignée que ça des autres métiers que j'ai exercés, me retrouver à *La Petite Poésie*, dans un bar-restaurant, m'a fait découvrir un autre type de clientèle. Pas si terrifiante que ce que j'imaginais. Cela tient surtout à la réputation de l'établissement. Rares sont les gens qui viennent se saouler ici.

Comme mère, je désire le meilleur pour Mau. Bon, ça ne signifie pas grand-chose. Au fond, j'aimerais lui inculquer un esprit critique afin qu'elle fasse ses propres choix et qu'elle vive pleinement la devise de notre République : *Liberté, égalité, fraternité.* Une ambition rarement appliquée. Surtout concernant l'égalité hommes-femmes – on devrait dire « femmes-hommes », d'ailleurs…

Physiquement, Mau me ressemble. Elle est menue et a les yeux bridés. Bien sûr, comme moi, elle est française, mais certains disent que nous ne sommes pas « de souche ». Que notre vie devrait être ailleurs. Mais cet ailleurs nous est inconnu. Je n'ai jamais mis les pieds au Cambodge.

Brest est une ville où le racisme est peu présent. Personnellement, j'ai rarement senti des regards, des attitudes désagréables, mais Mau n'a pas vocation à rester dans cette ville. Il y a la France, l'Europe. Le monde est vaste. J'espère qu'elle y trouvera sa place. Je l'y aiderai.

J'allume la télévision dans le salon et déniche une chaîne de cartoons. Ma fille est ravie. Je rejoins ma mère dans la cuisine.

— J'ai besoin de te parler, maman.

Je perçois son inquiétude.

— Bien sûr.

Je lui demande de s'asseoir à la table.

— J'ai vu un psy ce matin…

— J'en suis heureuse. J'ai toujours pensé que ça te ferait du bien de parler avec un professionnel. On ne sort pas indemne de tant d'années à côté d'un fou furieux, d'un…

Je la coupe.

— Ce n'est pas ce que tu crois. Je ne suis pas allée le voir pour mes problèmes avec Gilles.

— Tu l'appelles encore Gilles ! Ce monstre ! Cette espèce de…

— Maman, s'il te plaît. Laisse-moi parler.

— Désolée.

— J'éprouve le besoin de connaître mon passé. Mes premiers souvenirs remontent à mes cinq ans. Avant, je n'ai aucune image personnelle, simplement les choses que papa et toi m'avez racontées à travers les albums photo.

— Normal. Rares sont les souvenirs intimes avant cet âge.

— J'en ai conscience mais il me manque un pan de ma vie, la période de mon adoption et l'année qui l'a précédée.

— Je ne vois pas ce que je peux te dire de plus. Tu sais déjà tout. Ton père et moi, nous étions dans l'impossibilité d'avoir un bébé de façon naturelle. Nous avons donc fait appel à l'adoption. C'était quasiment impossible d'avoir un enfant français. Ou alors la procédure était longue et fastidieuse. Notre envie de devenir parents était si forte que nous nous sommes tournés vers l'adoption à l'étranger. Plusieurs filières s'offraient à nous. Nous pouvions nous rendre directement dans un pays d'Afrique ou d'Asie. Mais nous n'avions pas les moyens financiers. Outre les trajets, il fallait prévoir une importante somme d'argent.

— Pour acheter le bébé ?

— La formule n'est pas jolie. Disons que l'argent favorisait l'avancement du dossier et l'obtention des papiers. L'enfant devait sortir de son pays et entrer en France en toute légalité. Le coût représentait plusieurs milliers d'euros – de francs, à l'époque. On a donc contacté des orphelinats. Là aussi, on a été confrontés à différents obstacles. Mais on a fini par te trouver.

— Justement, j'aimerais que tu m'en dises plus.

Ma mère hésite.

— S'il te plaît, c'est important pour moi.

— Nous avions alerté des amis, des associations et plusieurs orphelinats. Puis un jour, l'un d'eux nous a appelés. Le responsable nous proposait un enfant, une fille. Nous avons tout de suite compris l'urgence.

— Pourquoi ?

— Sans entrer dans la grande histoire, tu sais sans doute que le Cambodge a été sous protectorat français durant des décennies. Malgré des tentatives pour maintenir une présence française vers la fin des années quarante, en 1953 le roi Norodom Sihanouk a proclamé l'indépendance du pays. Bien avant cette date, la France avait dû se résoudre à perdre une grande partie de son influence après la défaite de 1940. Mais de nombreux Français y sont restés à titre individuel. Des expatriés. Certains avaient monté des affaires. D'autres trouvaient la vie plus simple ou plus douce qu'en France. Avec la guerre du Vietnam et la mainmise des Khmers rouges sur le pays au milieu des années soixante-dix, la plupart des Français encore présents sont rentrés. L'un d'eux était accompagné d'un bébé d'un an. Toi. Tu n'avais aucun papier. On n'a jamais su comment cet homme avait évité les services de l'immigration. Il avait dû embarquer sur un cargo et passer au travers des mailles des contrôles douaniers. Peu importe, une enfant venait d'être sauvée.

— Qui était cet homme ?

— Nous ne l'avons jamais su. Aussitôt revenu en France, il t'a abandonnée dans cet orphelinat où nous t'avons récupérée peu de temps après. Il avait juste donné ton prénom : Champey, et ton origine : le Cambodge. Je n'en sais pas plus. Tu devais rapidement trouver une famille. Lorsque nous t'avons vue, ton père et moi avons eu un coup de foudre. Tu étais dans un petit lit au milieu de dizaines d'autres dans une immense pièce impersonnelle. Tous les enfants pleuraient… sauf toi. Les yeux grands ouverts, tu as accroché nos regards, allant de l'un à l'autre.

Ma mère essuie ses yeux du revers de sa manche.

— Je n'oublierai jamais ce moment. La vie nous faisait un immense cadeau.

— Vous avez dû payer ?

— Pour établir des papiers en règle et qu'enfin tu aies une réelle identité. Que tu deviennes officiellement notre fille : Champey Le Roy.

— Si je comprends bien, personne ne connaît ma date de naissance. Je ne suis peut-être pas née en décembre, mais un peu avant ou un peu après. Vers la fin de l'année 77, ou début 78.

— Le médecin de l'orphelinat nous a assuré que tu avais un an. On a fixé une date, celle où nous t'avions vue pour la première fois. Le 20 décembre. Officiellement, tu es née le 20 décembre 1977. Un beau cadeau de Noël. Je pensais te l'avoir dit.

À mon tour d'écraser une larme.

— Non, maman. Tu me l'apprends. Je suis donc peut-être née en janvier 1978 ?

— Est-ce si important ?

— Pour toi et papa, je comprends la valeur de ce 20 décembre. Mais pour moi…

L'idée de mes cauchemars qui ont commencé le 21 ou le 22 janvier m'empêche de parler. Trop d'émotion.

Ma mère se lève et passe derrière ma chaise. Elle pose ses mains sur mes épaules et m'embrasse.

— Pour nous, il n'y a jamais eu d'ambiguïté. Tu as toujours été notre fille. On t'a élevée et aimée comme si nous t'avions conçue. Tu n'es pas issue de notre sang mais tu as été une enfant désirée. Pour nous, c'est pareil.

Je me lève moi aussi et j'enlace ma mère.

— Je sais, maman.

Je ne peux me retenir et je pleure dans son cou.

Je sens son odeur. La même depuis mes premiers souvenirs. Cela me fait un bien fou.

Dans la pièce d'à côté, j'entends ma fille rire aux éclats. Je ressens une force intérieure puissante. Mau est issue d'un amour que j'ai cru réel et éternel. Elle déborde de joie de vivre. Mes interrogations existentielles ne doivent pas perturber ce bonheur.

8

Une clé 4G.

Elle était de petite dimension mais son épaisseur était suffisamment gênante lorsque Gilles Kerlat l'introduisit dans son rectum.

Alain de La Villy l'avait enveloppée dans un film plastique légèrement graissé de vaseline. Pour le passage des contrôles, il l'avait cachée dans le double fond de son attaché-case, recouverte d'un fin papier d'aluminium.

Il avait détourné le regard quand Gilles Kerlat avait baissé son pantalon. L'idée suffisait à lui donner la nausée.

Après chaque visite, Gilles Kerlat subissait systématiquement une fouille à nu. Depuis son arrivée au centre, rien n'avait été découvert. Aucun zèle du gardien. Juste écarter les fesses.

Désormais, il disposait du bon outil pour surfer.

Durant les premières semaines d'utilisation de son ordinateur, un gardien venait vérifier régulièrement les enregistrements effectués sur le disque dur. Ses contrôles devinrent de plus en plus rares. Gilles avait remarqué son incompétence. Les fichiers effacés, placés dans la corbeille, qu'il vidait de son contenu, laissaient des traces informatiques. Un expert pouvait les retrouver. Le gardien n'avait pas le niveau.

Le port USB était sur le côté de l'ordinateur. Gilles avait tourné l'appareil de sorte qu'il ne soit pas visible de la porte de sa cellule. En plus, une feuille de papier posée sur le rebord de l'ordi cachait sommairement le branchement.

L'avocat avait préparé convenablement la clé. La carte SIM était en place et Gilles Kerlat trouva les codes PIN et d'identification sur le capuchon de protection. Ensuite, ce fut un jeu d'enfant. Un fonctionnement proche d'un modem.

Il avait promis à son avocat de le payer rapidement. Rien ne devait subsister sur le disque dur. Gilles Kerlat créa son *cloud* personnel. Un serveur virtuel uniquement dédié à ses données. Il pouvait y stocker ses mails, effectuer des recherches, entreposer photos et vidéos et écrire ce qui lui passait par la tête. Sa vérité, son histoire et ses manques.

Mais surtout, il était en capacité de surfer sur les parties interdites du Net. Le Deepnet, le premier niveau de la partie immergée de l'iceberg. Insignifiant pour lui. La partie inférieure était plus intéressante : le Darknet.

Il avait été un adepte assidu de ce réseau avant son incarcération. La procédure lui était familière. Télécharger le logiciel Tor Browser puis lister les sites pour explorer le Darknet à l'aide d'un moteur de recherche du type « http://grams7enufi7jmdl.onion ». Il suffisait ensuite de taper sur son clavier des mots-clés.

La recherche de son magot en bitcoins, monnaie virtuelle mais reposant *in fine* sur des dollars ou des euros, fut longue. Il dut se faufiler entre différents serveurs hébergés dans plusieurs pays réputés pour leur manque de transparence fiscale.

Il finit par effectuer les versements promis à son avocat en contrepartie du paiement du matériel informatique et des abonnements. Et un bonus non négligeable pour services rendus.

Alain de La Villy n'était sûrement pas le meilleur défenseur du barreau mais son besoin criant d'argent l'avait amené peu à peu à composer avec la loi et la déontologie de sa profession.

Somme toute, il avait été utile à son client et le serait encore.

En comptant la période de préventive, Gilles Kerlat était incarcéré depuis cinq ans. Il avait su être patient et se forger une conduite irréprochable. La méfiance des gardiens s'était étiolée. Sa cellule d'isolement le protégeait. Le manque de contacts avec les autres détenus ne le dérangeait pas. Au contraire. À ses yeux, ils étaient des êtres intellectuellement inférieurs. Des sous-hommes proches de l'animal.

Et mettre des fauves en cage dans un même lieu était source de conflits.

Gilles Kerlat était loin de ces problèmes. Il devait se faire oublier le plus possible.

Cinq ans sans toucher un enfant. Cela devenait insoutenable. Il ne se voyait pas comme un malade. La force de destruction qui l'habitait était sa raison d'être.

La possibilité d'aller désormais sur des sites pédophiles du côté sombre du Net le soulageait de temps en temps mais sa paix intérieure était de courte durée. Les photos et les rares vidéos accessibles étaient de piètre qualité. Des amateurs. De petits joueurs.

Lui, il avait côtoyé le mal ultime. Personne n'était de son niveau.

Il sentait au fond de ses tripes et de son âme la fureur se reconstruire peu à peu. Il était en lutte intérieure, enfermé entre ces murs. Seules les rêveries pouvaient l'en faire sortir. Il avait revécu méthodiquement les préparations et les rapts de chacun des enfants et avait ressenti dans ses chairs le désir de torturer et de violer ; l'assassinat de ses proies étant le déclencheur ultime de ses orgasmes. Les gens avaient dit de lui qu'il était le pire monstre que la terre ait porté. Il s'en foutait. Personne ne pouvait le comprendre.

Caresser la peau des enfants lui manquait terriblement. Les rêves ne suffisaient plus.

Désormais, il pouvait consigner ses actes par écrit et exprimer ses sentiments. Méticuleux, il n'oubliait aucun détail, se procurant des sensations fortes difficiles à évacuer. Au creux de son ventre, une boule noire se formait. Des ramifications montaient le long de sa colonne vertébrale et assombrissaient son cerveau.

En parallèle, il s'était plongé dans des textes philosophiques. Ses thèmes de prédilection : le bien et le mal, le conscient et l'inconscient, le désir et son refoulement à travers les prismes du pouvoir et de la violence.

Une double pensée dominait son travail : revivre ses orgasmes et se venger.

9

Allongé sur son lit, Gilles Kerlat posa un linge sur ses yeux. Une lumière parasite venue de l'extérieur entrait en permanence dans sa cellule. Sa fenêtre donnait sur une cour intérieure éclairée la nuit. Pas de volets devant les barreaux.

L'envie le dévorait. Les souvenirs auraient dû le soulager. En réalité, ils entretenaient le désir.

La texture de la peau d'un petit garçon était-elle différente de celle d'une petite fille ? Jusqu'à un certain âge, pas vraiment. Les hormones pubères n'avaient pas encore pollué les corps. Les odeurs étaient presque identiques. Gilles Kerlat inspira profondément par le nez. L'air de sa cellule était vicié mais ses neurones le transformaient en parfum. Il aimait donner un bain à ses victimes… *Non, refuser ce terme. Ce sont les policiers, les avocats, les psychiatres qui les ont nommés de cette façon…* Pour lui, les enfants étaient des anges de pureté… *Oui, ils étaient tous des chérubins, des êtres sains.*

Là était la beauté de la chose : l'innocence.

L'eau du bain avait les senteurs du printemps. Sa fraîcheur. Toujours à la bonne température, celle du corps. Souvent, l'enfant nu dans la baignoire tremblait. Pas à cause du froid. Avoir été soustrait à sa famille était traumatisant. Gilles Kerlat passait beaucoup de temps à le consoler et à sécher ses larmes. Ses paroles se voulaient rassurantes.

— Ne t'inquiète pas. Je ne te ferai aucun mal. Ton papa et ta maman savent que tu es avec moi. Je leur ai demandé la permission. En fait, c'est un jeu. Comme celui des gendarmes et du voleur. Tes parents t'ont laissé seul quelques instants, juste le temps que je t'attrape et te cache dans le coffre de ma voiture. Personne ne nous a vus. Je sais, le voyage a été long et inconfortable.

D'une voix douce, il continuait à le rassurer en le couvrant d'une mousse légère et odorante. Le corps devait être propre, exempt de toute impureté. Il n'aimait pas les pleurnicheurs. De la morve leur coulait des narines et souillait leur visage. Tout faire pour les apaiser. Quelques gouttes de GHB dans un chocolat chaud finissaient par les calmer. Une tricherie pour les cas les plus difficiles. Dans la mesure du possible, les enfants devaient rester dans leur état naturel.

Oui, la pureté, l'innocence, le naturel… Ce sont les bons termes pour mes anges.

Leur donner mon amour puis leur ôter la vie sont les actes les plus intimes qui soient. Après moi, mes anges n'avaient d'autre choix que de partir. Leur âme purifiée était dénuée de toute entrave. Je leur ai offert la liberté. Sans moi, ils n'auraient jamais pu atteindre ce degré d'élévation.

10

Je décide de me plonger dans l'histoire du Cambodge, mon pays d'origine. Jusqu'alors, je n'en avais jamais ressenti la nécessité. L'Asie du Sud-Est ne m'intéressait pas vraiment. Je suis française. La France : une nation construite depuis des siècles sur le brassage de populations venues des régions voisines mais aussi plus lointaines. Cette mixité est perceptible tous les jours dans la rue, au travail ou au restaurant. J'y ai toujours été sensible, moi qui fais partie des « minorités visibles ». Les propos de l'extrême droite m'irritent profondément.

Le « vrai » Français n'existe pas. Ou alors il est issu des Francs ? Là encore, ça ne colle pas. Ce peuple est germanique et il a donné son nom à la France après l'avoir envahie au ve siècle. Ça remonte à loin. Depuis, d'autres invasions et influences ont forgé ce que nous sommes. Et elles ont été nombreuses : saxonnes, ostrogothes, wisigothes pour les plus anciennes.

Je ne m'attarde pas sur la traite des Noirs. Une honte.

Et puis, il y a eu les colonies. L'emprise de la France sur l'Afrique est toujours présente dans nos mémoires. Difficile de dire à ces populations : « Restez chez vous », alors que l'on a tenté un jour de leur imposer notre manière de vivre, notre religion et notre culture. Maintenant que la France a quitté ces contrées, ou a été militairement expulsée après avoir pleinement profité de leurs richesses, certains prônent le « chacun chez soi ». Une analyse simpliste. La réalité est certainement plus complexe.

Qu'en est-il du Cambodge ? En surfant sur le Net, je découvre l'étendue de l'Empire khmer au XIIe siècle. Il dominait la majeure partie de la péninsule indochinoise, englobant ce qui est aujourd'hui le Vietnam, le Laos et la Thaïlande. Rien que ça. S'ensuivit un long déclin constitué de guerres intestines et de rivalités territoriales. Je passe vite sur cette période. Mon intérêt se porte sur la décennie 1970 et plus particulièrement sur l'année de ma naissance.

Je découvre avec stupéfaction les bombardements américains sur le nord du pays malgré la neutralité annoncée du Cambodge. Un prétexte : selon les services secrets et les hauts gradés américains, un bâtiment fortifié enterré à quatre-vingts mètres de profondeur aurait accueilli quelque part dans cette région le quartier général des Nord-Vietnamiens. Dans le plus grand secret, plus de trois mille raids ont été ordonnés par le président Nixon entre 1969 et 1973. Des dizaines de milliers de morts de civils pour un résultat militaire nul. Plusieurs centaines de milliers de tonnes de bombes sont tombées du ciel. L'Allemagne nazie n'en a pas reçu autant durant la Seconde Guerre mondiale.

Étonnamment, le prince Sihanouk ne réagit pas. Cinq ans plus tard, la conséquence directe a été la prise du pouvoir par les Khmers rouges. Commencera alors l'un des plus grands génocides du siècle, tuant près de deux millions de Cambodgiens, soit un quart de la population.

Je visionne différentes vidéos de l'époque. J'en ai les larmes aux yeux. Je tombe par hasard sur un documentaire de l'Ina, l'Institut national de l'audiovisuel.

Les bombardements américains sont filmés de l'intérieur des avions et au sol.

Coup violent dans ma poitrine. Les bombardiers sont identiques à ceux de mon cauchemar.

Je n'avais jamais vu ces images auparavant. J'en suis certaine. Et en 1970 ou 1973, je n'étais pas née. Je suis bouleversée.

J'arrête là mes recherches. Mes mains tremblent. Je ne me sens pas bien du tout. Un voile noir s'abat devant mes yeux. Je fais de gros efforts pour respirer normalement.

Avec difficulté, je saisis mon téléphone portable et j'appelle Jacques Utreb. J'ai besoin d'une aide immédiate. Je tombe sur son répondeur et lui laisse un message d'alerte.

Il me rappelle quinze minutes plus tard et me propose un rendez-vous à dix-sept heures. Je me sens apaisée.

Ma mère accepte avec grand plaisir de récupérer Mau à la sortie de l'école de musique. Le samedi après-midi est consacré à la découverte du piano et du solfège.

Je perçois l'inquiétude du psychologue dès mon arrivée. Je m'assieds dans le fauteuil de droite après avoir déplacé énergiquement sur le canapé le coussin qui s'y trouvait. Je croise mes mains, les décroise. Il tente de me calmer.

— Prenez votre temps. Racontez-moi ce qui vous arrive. Si besoin, je vous demanderai des précisions.

Mon récit est chaotique. À plusieurs reprises, il m'oblige à reformuler mon propos.

— Ce sont les mêmes avions. Je suis prise dans les bombardements, pourtant je n'ai pas pu vivre ces moments ! Les hommes en file indienne transportent des charges. Des Vietnamiens. J'en suis certaine. Une partie de la piste Hô Chi Minh passait par le nord du Cambodge. Elle a été copieusement bombardée aussi. Je comprends leur langue alors que je ne parle pas le cambodgien.

Une pause est nécessaire. Je me sens épuisée.

— Je ne suis pas folle ! Ce sont des souvenirs terriblement réels ! Mais je n'étais pas née…

Nouvel arrêt dans mon récit.

Jacques Utreb prend la parole.

— Puis-je vous raconter une histoire ?

Je hoche la tête.

— Deux chercheurs, Kerry Ressler et Brian Dias, ont pratiqué plusieurs expériences sur des souris. Ils les ont soumises à une odeur désagréable et nocive durant de nombreuses semaines. À chaque fois qu'elles étaient en présence de cette substance, elles recevaient de petits chocs électriques. Avec le temps, les souris ont appris à associer l'odeur à la douleur. Elles frissonnaient lorsqu'elles la sentaient même sans les électrochocs.

— Ça ressemble au chien de Pavlov.

— Les deux chercheurs ont été plus loin que Pavlov. Avant que les souris soient engrossées, les scientifiques stoppèrent l'expérience. Dès leur premier contact avec l'odeur, les petits se mirent à trembler de peur sans la présence de leur mère. Mieux, la troisième génération de souris, les petits-enfants des premiers cobayes, a également hérité de cette aversion. Aucune peur particulière face à une autre odeur désagréable. Ils réagissaient uniquement à celle qui avait semé la panique chez leurs grands-parents. On appelle ce phénomène la transmission épigénétique, ou si vous préférez un transfert intergénérationnel.

Je reste dubitative.

Le psychologue sourit.

— Pour faire simple, reprend-il, et aussi étonnant que ça puisse paraître, il est très probable que ces cauchemars, ces souvenirs ne soient pas les vôtres. Ils vous ont été transmis génétiquement. Évidemment, ça ne peut se produire que si votre aïeul a vécu de véritables traumatismes. Je vous donne un autre exemple. Un psychanalyste juif qui avait grandi en Algérie a développé en pleine guerre d'indépendance différents symptômes – dépression, boulimie, dyslexie – alors qu'il n'était pas directement impacté par les événements qui se déroulaient dans son pays. C'est seulement vers ses quarante ans qu'il apprit la déportation de son père. Celui-ci avait subi des tortures indescriptibles et avait peur de mourir en permanence, mais il n'en avait jamais rien dit.

— Mes cauchemars, mes souvenirs de bombardements, d'hommes sur la piste Hô Chi Minh ne seraient pas les miens ?

— Je le pense. Avez-vous été en contact avec des survivants de cette époque ?

— Non, jamais. Personne de mon entourage n'a vécu ni ne m'a parlé des guerres d'Indochine ou du Vietnam. Jusqu'à aujourd'hui, je m'étais désintéressée du Cambodge et je n'avais jamais vu de reportage sur le sujet.

— Ce ne sont pas non plus des souvenirs induits. Ça peut être le cas quand une personne proche du patient ou ayant sur lui une forte emprise psychologique ressasse les traumatismes qu'elle a subis. Et puis, un autre phénomène existe, celui des souvenirs refoulés.

— Ce n'est pas ça non plus.

— Vous n'étiez pas née à cette époque et vous dites qu'avant la date du 21 janvier, vous n'aviez jamais eu ces visions. La piste de la transmission génétique me paraît une voie intéressante à creuser. Pourquoi pas ? Reste la date clé du 21.

Je baisse la tête. J'ai envie de pleurer. C'est trop dur. Dans un murmure, je lâche :

— Je suis peut-être née le 21 janvier et non le 20 décembre comme je l'ai cru. Je n'en sais rien, en réalité. Le 20 décembre est le jour où ma mère m'a vue pour la première fois. Le médecin de l'orphelinat était formel sur mon âge : un an. Alors, va pour le 20 décembre !

Je me frotte le visage. Je me sens perdue.

— Puis-je vous prendre la main, Champey ?

Des larmes coulent sur mes joues. Je lui fais un signe positif de la tête.

Il s'accroupit devant moi et me parle doucement.

— Cette date est peut-être celle de la naissance de votre mère ou de votre père. Ne soyez pas inquiète. On va travailler tranquillement sur ce point. Il est possible que d'autres souvenirs vous reviennent.

— Mais alors pourquoi maintenant ? Et pas avant, ni plus tard ?

Il se relève et reprend sa place dans son fauteuil.

— Pour l'instant, nous n'avons pas la réponse. Mais elle existe. On la trouvera. On va arrêter pour aujourd'hui. La séance a été difficile. J'en suis désolé. Regardez le côté positif. Nous avons bien avancé.

Je sors mon chéquier.

Quand je lui tends le chèque et le regarde droit dans les yeux, une nouvelle interrogation me traverse l'esprit. Il perçoit mon trouble.

— Que vient-il de se passer dans votre tête ? Racontez-moi. Ça peut avoir de l'importance.

— Ce n'est sûrement pas le moment mais… Pourquoi votre nom me semble-t-il familier ?

Il sourit.

— Effectivement, ce n'est pas d'actualité ou, plus exactement, ça ne l'est plus.

— Vous en avez trop dit ou pas assez.

— J'ai peur que ça vienne vous perturber inutilement.

— S'il vous plaît.

À son tour d'hésiter.

— OK, mais à une condition.

— Laquelle ?

— Restez encore un peu afin que je vous explique la situation.

— J'ai le temps.

— Rien à voir avec des souvenirs transmis génétiquement. Nettement plus simple. Bien que je n'aie pas participé aux débats, je suis l'un des psychothérapeutes qui ont expertisé Gilles Kerlat. Mon nom a été plusieurs fois cité durant le procès.

11

Je ne suis pas réellement remise de la séance chez Jacques Utreb quand je récupère Mau. Ma mère s'aperçoit de mon malaise. Elle aimerait en parler. Je refuse. Ce n'est pas le moment. Je n'ai pas les idées claires. J'ai besoin de temps pour comprendre et assimiler ce qui m'arrive.

— Je te promets, maman, je te dirai ce qui se passe. Ne t'inquiète pas. Je suis un peu vaseuse. C'est temporaire.

— C'est ta séance chez le psy ? C'est un bon thérapeute ? Comme partout, il y a des charlatans. T'es-tu renseignée sur lui ? Du côté de l'ordre des médecins, tu dois avoir la capacité d'obtenir des infos, je pense.

— S'il te plaît. Fais-moi confiance. Je ne suis pas en danger avec cet homme. Des psychologues peuvent développer une emprise malsaine sur leurs patients. Des affaires ont été médiatisées dans une certaine presse à scandale mais lui, il n'est pas comme ça.

Mau me prend la main et me tire vers la sortie.

— Tu m'as promis, maman.

— Dis au revoir à mamie. On rentre.

Durant quelques heures, Mau m'accapare. Afin qu'elle accepte de se rendre à son cours de musique sans rechigner, je lui ai juré de lui dévoiler, à son retour, la recette de la pâte à crêpe de mes aïeuls. Une manière de faire ancestrale transmise de génération en génération. C'est donc ma mère qui me l'a enseignée.

Comme toute bonne Bretonne qui se respecte, j'ai un billig dans mon arrière-cuisine. Celui-là est spécial. Une crêpière à gaz hors d'âge.

— Quand tu seras prête, je te l'offrirai, comme ma mère l'a fait avec moi. Cet ustensile a déjà connu trois générations. Je vais t'apprendre à t'en servir.

La recette des crêpes et des galettes est particulière. Ma mère a toujours été ferme sur un point : il est absolument interdit d'écrire la liste des ingrédients, leur quantité, la façon de laisser reposer la pâte, les réglages de la plaque en fonte et la manière d'étaler la précieuse préparation en un mouvement ample et régulier du bras.

Les yeux de Mau pétillent. Un secret !

— Tu dois apprendre par cœur mes gestes et ce que je vais dire. On va s'entraîner plusieurs fois. Avec le temps, tu finiras par t'en souvenir. Comme tous les anciens l'ont appris avant moi.

Une excellente soirée.

J'ai dû limiter l'appétit de ma fille.

— On ne mange pas tout ce soir sinon on va être malades. On en garde pour demain. Les crêpes se conservent deux ou trois jours sans problème. Je t'assure.

J'embrasse tendrement ma fille sur le front et lui remonte la couette jusqu'au menton. On se souhaite une bonne nuit.

Quelques minutes après l'avoir mise au lit, je l'entends se relever. Je traverse doucement le couloir et l'observe à travers l'entrebâillement de la porte. Pas terrible d'espionner sa fille. Je la vois prendre son album photo posé sur son secrétaire. Elle se recouche et, à la lumière de la veilleuse, tourne les pages lentement. Que peut-il se passer dans sa tête à ce moment ? J'ai les larmes aux yeux. Mau est en manque de père... D'un père inventé. Un homme bon et attentionné. Tout le contraire de son vrai père.

J'éprouve un étrange mélange de honte et de tristesse. Tout le monde a besoin de connaître ses origines. Je suis bien placée pour le savoir.

Je la laisse à ses rêves.

Je m'assieds devant mon ordinateur. J'ai besoin d'en savoir plus sur la mémoire transgénérationnelle. Je retrouve rapidement l'expérience des souris décrite par Jacques Utreb. Je découvre aussi différents articles sur la psychanalyse transgénérationnelle, sur la mémoire des ancêtres, le surmoi et les souvenirs qui ne sont pas les nôtres, sur la mémoire cellulaire et sur l'épigénétique.

Certains textes sont facilement accessibles. D'autres, plus complexes, me laissent perplexe. Ces thèmes font l'objet de plusieurs recherches récentes. Mais comme pour toute étude, on trouve des scientifiques qui remettent en cause la façon dont elles ont été menées, leur manque de rigueur ou, plus radicalement, qui réfutent en bloc le sujet et dénoncent l'aberration des expériences.

Qui croire ?

Très vite, je laisse tomber cette question. J'ai rêvé de situations réelles que je n'ai pas subies. Rien dans ma vie actuelle ne me prédisposait à vivre ces scènes de bombardements, cette peur de mourir sous les bombes ni ces rencontres avec des soldats nord-vietnamiens sur la piste Hô Chi Minh. Je n'ai jamais été en contact de loin ni de près avec ces faits. Je veux bien croire à la mémoire transmise par un aïeul. Mais qui est-il ? Mon père ou ma mère ?

Pas de réponse pour l'instant mais cette question pourrait devenir obsessionnelle.

Vers une heure du matin, j'arrête mes investigations et mes lectures. Je sens la fatigue. Pourtant, je ne veux pas dormir maintenant. Est-ce la peur de me retrouver face à mes cauchemars ? Les accepter serait une solution. Vais-je en apprendre davantage sur la personne qui me les a transmis ? Laisser mon inconscient prendre le pouvoir durant mon sommeil. Une expérience à tenter.

Quand j'entre dans ma chambre, mon regard est attiré par une grosse boîte d'archives posée en haut d'une étagère. Je la prends. Elle est poussiéreuse. Elle est rangée là depuis des années. J'aurais dû la brûler. Pourquoi ne l'ai-je pas fait ? À cause de ce qu'elle contient, justement. Une partie de ma vie, et indirectement, de celle de Mau. À l'intérieur, les traces de douleurs impossibles à oublier. Une trahison.

Différentes chemises sont classées là. Certaines regroupent les articles de presse d'avant le procès de Gilles Kerlat. Beaucoup de choses ont été écrites sur lui. La plupart étaient erronées. Derrière un journaliste se cache parfois un enquêteur persuadé de détenir la vérité. Finalement, ils ont été largement en dessous de la réalité.

Dans une autre pochette, des articles sur le procès d'assises. Neuf jours d'audiences. Quant aux délibérés ? Cinq heures ont suffi pour prononcer une peine exemplaire : perpétuité avec trente ans de sûreté. S'il sort au bout de cette longue période d'incarcération, Mau aura trente et un ans et moi soixante-six. Cela nous laisse du temps.

J'ouvre une dernière chemise où sont compilés les documents fournis par mon avocat. J'y retrouve l'analyse psychiatrique de Gilles. Le nom de Jacques Utreb est bel et bien cité. Lui et ses collègues avaient abouti à de terribles conclusions : « Sociopathe pervers », « Aucune thérapie réparatrice n'est envisageable », « Cet homme ne doit pas être remis en liberté. Après sa peine de prison, son enfermement dans un hôpital psychiatrique clos est obligatoire », « Un traitement hormonal inhibant toute production de testostérone ne sera pas suffisant pour le rendre inoffensif ».

Comment ai-je pu vivre avec cet homme ?

Au fond de la boîte, plusieurs carnets.

Je les connais bien. J'y ai consigné mes découvertes et mes peurs. Ils ont été utiles pour retracer le parcours de violeur et de meurtrier de Gilles Kerlat. Avais-je encore à ce moment des œillères ? Tout était là depuis des mois. Je m'en suis voulu d'avoir mis tant de temps à réagir. J'aurais pu éviter plusieurs drames.

Des larmes roulent sur mes joues.

J'ouvre un des carnets.

15 septembre 2012

Un pan entier de ma vie vient de s'écrouler.

Je suis terrifiée et effrayée, je ne sais pas ce que nous allons devenir.

C'est Gilles. J'ai peur de mes découvertes.

Et je pense à Mau.

Il faut que j'écrive ce qui vient de se passer, ça m'aidera peut-être à comprendre.

En ce moment, Gilles s'absente souvent de la maison. Il m'a dit qu'il voulait reprendre des études pour devenir enseignant, qu'il s'était inscrit à la fac. C'est ce qu'il m'a dit, et je le croyais, jusqu'à aujourd'hui.

Durant la sieste de Mau, j'ai fait un peu de rangement. Par hasard, je suis tombée sur l'ordinateur portable et le téléphone de Gilles, des outils de travail importants. J'ai appelé le lycée pour lui laisser un message, qu'il ne s'inquiète pas, son ordi et son smartphone étaient à la maison. La réponse de l'assistante du chef des travaux dont Gilles dépend m'a laissé dubitative. « M. Kerlat n'est pas en poste aujourd'hui, comme tous les mercredis après-midi. »

Une femme jalouse devient curieuse.

J'ai branché son ordi. Un mot de passe était nécessaire pour accéder à ses fichiers. J'ai tenté sa date de naissance. Refus. J'ai essayé avec la mienne. *Idem*. J'entre celle de notre fille. Bingo !

Une intuition. Je suis allée directement sur le moteur de recherche Internet et j'ai activé la fonction « historique ». Aucune connexion. Ou bien tout avait été effacé.

Pas grave, j'ai cliqué sur le fichier photo. Je me disais que si Gilles avait une liaison, peut-être y trouverais-je des clichés sur l'être « provisoirement » aimé.

J'ai cliqué et recliqué, c'était embrouillé. Des fichiers étaient intégrés à d'autres. Des sous-dossiers.

Tout à coup, l'horreur.

Des vidéos, des photos par centaines avec des dates et des commentaires. Pas des femmes comme je le craignais, mais des enfants. Certains très jeunes, six ou sept ans. Peut-être moins.

Après quelques minutes, je me suis levée et je suis allée vomir dans les toilettes. Je ne pensais pas ces choses possibles. Bien sûr, j'ai entendu parler de pédophilie mais là, ces actes sont photographiés et filmés. Comment Gilles, mon mari, peut-il regarder ces… ? Je ne trouve pas le mot.

Mais le pire restait à venir.

Je me suis forcée à cliquer au hasard sur des clichés et des vidéos.

C'est là que j'ai vu Gilles dans un film. Il était de dos mais à cause d'un grain de beauté particulier, l'identité du violeur ne fait aucun doute pour moi.

Je ferme les yeux. Cette découverte est encore une blessure ouverte.

J'ai pris ensuite la décision qui s'imposait.

J'ai réveillé ma fille et je lui ai dit que nous allions nous promener. Je l'ai mise dans la poussette avec l'ordinateur de mon mari et nous avons pris la direction de la gendarmerie.

Ma découverte n'était que la partie visible de l'iceberg.

12

J'erre au milieu de la ville détruite. Je suis étonnée du silence. Seuls subsistent le crépitement et le souffle des incendies. Les bombardiers ont disparu et, avec eux, les explosions. Plus un cri. Les gens sont morts ou déambulent comme des zombies à la recherche de leur maison ou de leurs proches.

Je croise des blessés. Ils me demandent assistance mais je ne les entends pas. Suis-je sourde ? Je ne m'arrête pas. Je ne les aide pas.

Une voix dans ma tête : *Ils ont besoin de toi. Apporte-leur du réconfort.* Je me détourne d'eux. Je passe à côté ou les enjambe. Je suis ailleurs, c'est ça ? Ce n'est pas la réalité.

Puis mon regard est happé par une femme recroquevillée sur elle-même, au milieu d'une rue recouverte de débris fumants. Je me dirige vers elle, comme si j'étais attirée par cette vieille ratatinée. Je m'accroupis. Je lui parle mais je n'entends pas mes propres paroles. Aucun mouvement. Alors je lui relève lentement la tête. L'horreur. Plus de visage. Une plaie béante. Je bascule en arrière. Je tombe… Je tombe dans un trou sans fin.

Je me réveille trempée de sueur.

Mon rythme cardiaque est rapide et je tremble de tout mon corps.

Rapide coup d'œil au réveil. Quatre heures du matin. Je vais devenir folle si je ne dors pas. Ces cauchemars sont obsédants. Pas une nuit sans qu'ils viennent me hanter. Les somnifères ne sont plus efficaces et il n'est pas question d'augmenter la dose.

Je n'arrive pas à me rendormir. L'appréhension de me retrouver face à ces démons. Et si je meurs dans mon cauchemar ? Est-ce possible de se réveiller morte ? Un cauchemar peut-il me tuer ? Ces questions sont absurdes et, pourtant, la peur m'empêche de replonger dans le sommeil. Encore une nuit à errer, il y en aura sûrement d'autres.

Mon maquillage ne cache rien. Des cernes me mangent le visage. Je conduis Mau à l'école et retrouve mon travail à *La Petite Poésie*. C'est un jour où Jacques Utreb vient déjeuner. Il détecte immédiatement ma grande fatigue.

— La nuit a été difficile ?

Je lui apporte son plat favori.

— Terrible serait plus juste.

— Notre prochaine séance est samedi. On pourrait l'avancer. Qu'en pensez-vous ?

— Là, maintenant ?... Je ne suis pas en état.

— Au contraire. Quand les choses sont compliquées, c'est là qu'il faut les affronter. Sereinement, ça va de soi.

Mes mains tremblent quand je pose son assiette devant lui. Je manque de renverser son contenu sur son pantalon.

— Désolée.

Je sens le regard réprobateur de mon patron.

Je m'éloigne de la table du psy et passe derrière le bar.

— Qu'est-ce qui ne va pas, Champey ? J'ai vu ta tête ce matin. Tu n'es pas en forme. Si tu es malade, rentre chez toi. On va se débrouiller. Y a pas beaucoup de monde ce midi.

— Merci. Je vais bien. Au contraire, j'ai besoin d'être ici, de voir des gens et de travailler.

— Comme tu veux. Mais alors, assure convenablement le service. OK ?

J'essaie de sourire. Le résultat n'est pas très convaincant.

À la fin de son repas, Jacques Utreb me tend sa carte bancaire. Plus de pourboire.

— Ce soir, à dix-neuf heures.

— Mau a besoin de moi.

— Elle a sa grand-mère.

— Je la sollicite souvent.

— Que fera votre fille si vous vous retrouvez à l'hôpital ? Je vous sens très tendue. À la limite de craquer. Je me trompe ? Vos cauchemars ? Donnez-vous cette chance de venir en discuter ce soir. On fera le point. Je suis une aide, ne l'oubliez pas.

— Et si c'était vous, le problème ?

Je ne sais pas pourquoi je lance ça. Je lis son étonnement sur son visage. Presque de la colère.

— Si c'est ce que vous pensez, alors il est urgent de clarifier mon rôle, et c'est une raison de plus pour venir.

— Je suis désolée. Je n'aurais pas dû vous dire une chose pareille. Je ne le pense pas. OK pour dix-neuf heures.

Ce que je vis n'est évidemment pas de son fait mais il m'oblige à creuser en profondeur et c'est douloureux. Il met des mots sur mes maux.

Ma mère n'est pas loin de penser qu'il me fait du mal.

Elle est heureuse de s'occuper de Mau mais aussi inquiète de me voir dans cet état.

— N'oublie pas ce que je t'ai dit. Certains psys sont le mal et non le remède.

Je ne lui réponds pas. Je suis déjà suffisamment perturbée.

Je déplace le coussin. Je ne sais pas comment positionner mes mains ni mes jambes. J'ai la sensation d'être assise sur une planche à clous.

Le regard du psychologue est sombre.

— Il existe une série de médicaments, de molécules pour vous aider à aller mieux. Je ne suis pas médecin mais votre généraliste peut vous les prescrire.

— Vous parlez d'anxiolytiques et d'antidépresseurs ? Je prends des somnifères. Le dosage est faible mais j'en suis dépendante. Des amis sont passés par ce type de médocs et leur santé mentale a été ébranlée.

— Je vous concède qu'il est souvent nécessaire de tâtonner pour trouver les bonnes molécules. Quelques semaines parfois.

— Votre remarque ne me rassure pas. Une amie a même tenté de se suicider – est-ce que c'était un mauvais dosage ou pas le produit adéquat, je ne sais pas.

Alors, je lui raconte. J'en ai presque la nausée. J'ai l'impression de revivre mes cauchemars éveillée. Je fais de grands gestes. Je me lève et mime la découverte de la vieille dame morte.

— Qui était-elle pour vous ? Ce n'est pas la vision de son visage défiguré qui vous a apeurée mais le fait qu'elle soit décédée. Elle représente quelque chose pour vous ? Ou bien était-elle importante pour la personne qui vous a transmis ces images ?

— Je ne vais pas supporter longtemps de revivre des souvenirs qui ne sont pas les miens. Comment les…

Je cherche mes mots. Jacques Utreb finit ma phrase.

— Les exorciser ?

— Oui. Aidez-moi, s'il vous plaît.

Un silence de plusieurs secondes s'instaure entre nous. Puis Jacques Utreb reprend la parole.

— Il y a plusieurs options. On laisse les médicaments de côté pour le moment. Ils ne résoudront rien de toute façon. Au contraire, ils auront sûrement l'effet inverse en endormant ces souvenirs. Allez au bout du processus en les mettant sur la table. Ensuite, il faudra faire un tri pour les comprendre. Éliminez les souvenirs parasites et gardez ceux qui font sens pour vous. Vous voyez ce que je veux dire ?

— Pas vraiment.

— Durant le sommeil, les rêves ou les cauchemars ne sont pas anodins. Votre inconscient prend le dessus sur votre conscient, sans oublier le surmoi. Je ne vais pas vous ennuyer avec un cours de psychanalyse. Pour faire simple, le surmoi est un élément de la structure psychique de chaque individu. Il joue le rôle de modèle idéal, de juge, de censeur, en opposition aux désirs et aux pulsions qui se développent dès la petite enfance par l'identification avec l'image parentale. Il est le porteur de nos valeurs.

« Votre surmoi à vous, Champey, est important, mais il est fortement perturbé. Vous ne connaissez pas vos parents biologiques et vous n'avez aucune idée de la première année de votre vie ni des conditions de votre adoption.

Je fonds en larmes. Ses paroles ne sont pourtant pas des révélations mais je les prends de plein fouet. J'ai la sensation d'être prisonnière de ma situation. Toujours le même refrain : abandon, adoption, manque de repères.

De l'unique tiroir du meuble à côté de lui, Jacques Utreb retire une boîte de mouchoirs qu'il me tend. Je ne dois pas être la première patiente à pleurer ici, et pourtant elle était cachée. Un détail pour montrer que les pleurs ne sont pas systématiques.

— Ne retenez pas vos pleurs. Ils sont une façon d'évacuer un trop-plein d'émotions. Par l'intermédiaire de ces souvenirs qui ne sont pas les vôtres, votre inconscient vous donne des indices sur votre passé. Bien sûr, ils sont transformés. Ce que vous vivez la nuit n'est pas la réalité. Elle est en partie déformée, mais vos cauchemars vous tracent un chemin.

— Je dois le suivre ?

— Le verbe « devoir » ne me semble pas judicieux. Disons que ce sont des éléments à prendre en considération. Les bombardements ont réellement existé. Votre aïeul les a vécus. Aucun doute sur ce point. Mais vous semblez à côté. Vous n'êtes ni blessée ni morte. Vous êtes spectatrice. La vieille femme, en revanche, est sûrement décédée. Mais qui était-elle pour vous ?

— Je ne sais pas.

— Je reviens à ce que je disais précédemment. Il faut tout mettre sur la table et trier.

— Comment ?

— Je vois deux solutions. La première est l'hypnose. Personnellement, je n'exerce pas dans ce domaine mais j'ai les noms d'excellents confrères. Parfois, ça ne fonctionne pas mais quand ça marche, cette pratique donne de très bons résultats. L'hypnose est cependant à utiliser avec prudence. Le patient reste maître de ce qu'il dit et de ce qu'il voit mais il est possible qu'il accepte, volontairement ou non, de se laisser dépasser. Il existe alors un sérieux risque de sombrer dans le trou, dans le puits de ses souvenirs. Il est nécessaire de garder la maîtrise et ne jamais oublier l'importance du « côté obscur ». Il est dangereux de le laisser dominer les débats.

— Ce n'est pas rassurant.

— D'où la nécessité d'un bon praticien. Une seule séance n'est pas suffisante. Apprendre à se fixer des limites est primordial.

— Et la seconde solution ?

— Affrontez volontairement vos cauchemars.

— Je ne comprends pas.

— Vous m'avez dit que vous êtes née au Cambodge et qu'un Français, fuyant les Khmers rouges, vous a récupérée et abandonnée dans un orphelinat français. Menez votre enquête. Retrouvez cet homme. Parlez avec lui et, même, partez au Cambodge retrouver vos origines.

Une étincelle vient de s'allumer dans ma tête. J'appréhende l'hypnose mais découvrir mes racines, comprendre ce que mes aïeuls ont vécu durant les années de terreur et, pourquoi pas, revoir mes parents me paraît une bonne solution. La meilleure, même.

Jacques Utreb décèle une éclaircie dans mon cerveau brumeux. Il sourit.

— Si c'est votre choix, ne partez pas à l'aveugle sur un coup de tête. Il est important de bien préparer la quête de vos origines. Je vous aiderai si vous le souhaitez.

Je ne peux m'empêcher de lui demander pourquoi il est aussi attentionné à mon égard. Il se contente de sourire en attendant la suite de ma question.

— J'ai sorti mes archives personnelles sur le procès de Gilles Kerlat. Votre nom apparaît effectivement dans la liste des experts qui ont analysé la psychologie de… de ce criminel hors norme.

— Et ?

— Je me demande quand même pourquoi vous venez à *La Petite Poésie* deux fois par semaine et pourquoi vous me laissez de larges pourboires.

— J'ai arrêté, pour ce qui est des pourboires. Vous avez remarqué.

— Oui.

Il inspire profondément.

— Je vous dois des excuses, Champey. Ma présence dans ce restaurant n'est pas anodine. Vous avez vécu des choses terribles à côté de cet homme. Vous avez été son épouse et vous n'aviez jamais douté de son amour ni de sa loyauté. Mais vous avez été une femme trompée dans tous les sens du terme. Vous êtes la personne qui l'a dénoncé, et votre fille est aussi la sienne. Je me sentais... Comment dire... J'avais le devoir de vérifier si vous alliez bien. À distance, bien sûr.

— Et votre conclusion ?

— Vous êtes une femme remarquable avec une capacité de résilience impressionnante. Ce sont ces raisons qui me poussent à croire en vos aptitudes à découvrir votre passé et à surmonter ce que vous allez mettre à nu. Vous êtes une battante et je suis persuadé qu'avec quelques précautions, vous sortirez plus forte encore des épreuves qui vous attendent au Cambodge. Je ne suis pas devin et ce que je vais vous dire dépasse sûrement le cadre de mes fonctions, mais je suis convaincu que vous trouverez les réponses à vos questions dans votre pays d'origine.

13

Centre Tuol Sleng

— Ferme la porte derrière toi et reste debout sur la serpillière le temps que tu finisses de dégouliner. Ici, ce sont mes quartiers. Rares sont les traîtres à l'Angkar à entrer dans ce lieu. Parce que tu es une ennemie de la révolution, n'est-ce pas ?

— Non, monsieur.

Sivatha tremblait de froid.

— Mauvaise réponse. Tu es au centre S-21 parce que tu as trahi les valeurs ou les règles de la communauté. Sais-tu ce que veut dire S-21 ?

— Non, monsieur.

— Un code simple. Le « S » pour sécurité, le « 2 » pour le deuxième bureau et le « 1 » pour Frère numéro 1, c'est-à-dire Pol Pot. En d'autres termes, une fois le seuil franchi, le suspect, toi en l'occurrence, devient coupable. L'Angkar ne se trompe jamais.

Noun était assis sur un fauteuil en bois devant un bureau en fer-blanc. Confort spartiate. Derrière lui, des étagères s'alignaient le long du mur. Des dizaines de dossiers, parfaitement classés.

Au sol, un tapis usé isolait la table de l'humidité. Noun avait retiré ses sandales.

Devant lui, quelques feuilles. Il en prit une et lut à haute voix.

— « Je m'appelle Kunthéa et j'étais affectée au hangar 12 au sud de la ville de Prey Veng. »

Noun regarda Sivatha.

— Connais-tu cette femme ?

— Oui, monsieur.

— Toi aussi tu travaillais dans ce hangar ?

Elle hocha la tête.

— Je veux une réponse claire !

— Oui, monsieur. J'étais dans cet entrepôt.

— Et qu'y produisais-tu ?

— Avec les autres femmes, je chargeais des sacs de riz dans des camions. Ils étaient…

Il leva la main pour la faire taire.

— Réponds simplement à mes questions par oui, par non ou par des phrases courtes. Donc, tu chargeais des sacs de riz ?

— Oui, monsieur.

— Tes explications ne sont que fourberie. Je continue la lecture de la déposition de Kunthéa. « Je participais à l'effort commun pour nourrir le peuple de l'Angkar padevat. Je pense être une bonne ouvrière. Mais d'autres ralentissaient l'approvisionnement. Les hommes travaillant dans les rizières amenaient les sacs. Nous, les femmes, on les pesait, on les fermait convenablement pour éviter que des rats s'y introduisent puis nous les montions dans les camions. Chargés de cette précieuse denrée, ils partaient dans le pays pour ravitailler nos valeureux soldats. Mais des contre-révolutionnaires tentaient par tous les moyens de ralentir le travail. »

Noun prit une seconde feuille.

— Sur ce document, Kunthéa a donné une liste de noms et les griefs correspondants. Le premier inscrit est le tien. En face, il est indiqué : « A volontairement laissé tomber un sac. Il s'est éventré. Une partie de son contenu s'est répandue dans une flaque d'eau. Elle a refusé de ramasser la précieuse cargaison et de la sécher. C'était délibéré de sa part, j'en suis certaine. » Confirmes-tu cette déclaration ?

— Ce n'est pas comme ça que...

Noun saisit sa cravache et la fit violemment claquer sur la table.

— Une rebelle ! Je te jure que je vais personnellement m'occuper de ton cas. Réponds par oui ou par non.

Sivatha baissa la tête.

— Oui, monsieur. Mais c'était involontaire.

Noun se leva et s'approcha de la jeune femme. Il posa l'extrémité de son court fouet sous son menton et l'obligea à relever la tête. Sivatha fixa sans détour Noun. Il ressentit un léger trouble qu'il chassa immédiatement de son esprit.

— Alors explique-moi.

— Oui, monsieur. Les sacs étaient trop lourds. Au moins cinquante kilos. J'étais épuisée. L'un d'eux m'a échappé et s'est ouvert sur le sol. Il était mal fermé.

— Tu avais mis un lien ?

— Non, monsieur. Pas moi.

— Donc, le hangar 12 est truffé de femmes malhonnêtes décuplant d'ingéniosité pour affamer nos valeureux soldats ? Je ne crois pas un seul instant à tes arguments fallacieux. Si tu es ici, devant moi, c'est que tu es une menteuse. Nous avons les moyens de te contraindre à avouer tes crimes.

Il put lire dans les yeux de Sivatha le début d'une peur incontrôlée.

— Je vous assure, monsieur... J'étais au bord de l'épuisement.

— Mais tu n'es pas tombée, n'est-ce pas ?

— Non, monsieur.

— La déposition de Kunthéa est donc vraie. Tu as abandonné ton travail et mis en péril le bon fonctionnement du système. Tu es une traîtresse. Une conclusion s'impose. Dans ce centre, nous avons les techniques pour remédier à ce problème. Je te le promets. Deux options s'offrent à moi.

Noun retourna s'asseoir.

— La première est le reconditionnement. Privation de nourriture afin de comprendre ce que ressentent nos soldats sous-alimentés. Puis des séances de fouet et d'électrochocs pour te punir de tes exactions. Ensuite, tu devras te soumettre à quelques désirs de nos gardiens. Une façon de te repentir. La seconde, plus douce, est de rédiger sur ce que nous appelons un cahier des aveux la description exacte de tes méfaits. Puis tu l'accompagnes des noms de tes complices.

Lourd silence de plusieurs secondes.

Des larmes coulaient le long des joues de Sivatha.

— J'attends ta réponse. Je n'ai pas tout mon temps !

Elle marmonna quelques mots incompréhensibles. Un coup violent de cravache sur la table la fit sursauter.

— Ton choix ?

— Je ne suis pas une traîtresse, monsieur, j'étais épuisée. Veuillez m'excuser pour cette faiblesse.

— Très bien. Tu es entêtée. Je vais donc choisir à ta place.

— Pitié, monsieur.

Noun n'eut pas le temps de réagir : quelqu'un toqua à la porte.

— Oui, entre !

Un gardien se présenta en joignant ses paumes. Il monta ses mains au niveau de son visage et baissa la tête en signe de respect.

— Camarade Noun. Nous avons un récalcitrant dans le bloc 3 du bâtiment D. Vous pourriez intervenir ?

Noun sourit de plaisir.

— Amène cette jeune fille dans le quartier des femmes. Je veux qu'elle soit isolée du groupe dans un coin de la salle. Une paillasse individuelle. Tu la prépares à la phase « froide ». Rien d'autre. Je vais m'occuper personnellement de son cas. Tu comprends ce que je dis ?

— Oui, camarade Noun.

Le gardien saisit Sivatha par le bras sans ménagement et l'emmena au rez-de-chaussée du bâtiment C. Une ancienne salle de classe transformée en dortoir. Plusieurs dizaines de femmes étaient alignées sur le sol, attachées les unes aux autres par un collier au cou et des fers aux chevilles. De longues barres métalliques reliaient les anneaux du cou entre eux. *Idem* pour les jambes. À l'extrémité de ces tiges d'acier, une chaîne les maintenant au mur. Aucune femme ne pouvait bouger. Au fil des heures, les douleurs devenaient insoutenables. Des râles montaient régulièrement du groupe.

— Elles pleurnichent. Ça montre qu'elles sont vivantes. Elles ne se rendent pas compte de leur chance.

— La torture, lâcha Sivatha.

Le gardien sourit et découvrit une rangée de dents en partie pourries.

— Je crois que tu as tapé dans l'œil du camarade Noun. Tu as le droit à un régime de faveur. D'abord, tu te fous à poil.

— Non.

La gifle lui arriva en pleine figure et Sivatha tomba sur le sol pavé.

— Je ne dois pas te violenter. Le message de Noun a été clair. Mais il ne m'a pas ordonné d'être laxiste en cas de désobéissance. Alors, quand je te dis à poil, tu t'exécutes.

Sivatha ôta ses vêtements détrempés. De ses mains, elle tenta maladroitement de cacher son sexe et sa poitrine.

Le maton rit de plus belle.

— Ta couche est là.

Il montra un sommier métallique constitué d'anneaux de fer réunis. Pas de matelas.

— Allonge-toi sur le dos. Bras et jambes écartés.

Une nouvelle gifle eut raison de sa résistance et elle obtempéra, en larmes.

L'homme bloqua ses poignets avec des menottes aux barreaux du lit, les bras le plus écartés possible. Il fit de même avec ses pieds.

En quelques secondes, elle sentit les anneaux métalliques du sommier lui entrer dans la peau du dos.

Le gardien s'approcha de son visage. Elle perçut son haleine putride.

— Comprends-tu maintenant la signification du mot « froide » ? Aucune torture… comment dire ?… directe. Ici, nous avons deux autres techniques, la « chaude » et la « mastication ». Pas de souci, ma belle, tu saisiras assez vite.

Après le départ du maton, Sivatha appela les autres femmes, leur demanda de l'aider à comprendre pourquoi elles étaient réunies là. Elle avait peur.

Pour seule réponse : des petits cris plaintifs. Aucune n'était en mesure de parler. Chaque esprit était recroquevillé sur ses propres souffrances.

La torture avait l'avantage d'inhiber toute forme d'échange. Plus de communauté, plus de lutte unifiée. Seul le combat intérieur subsistait. La survie individuelle.

Les Khmers rouges avaient déjà réussi à casser les liens entre les détenues, l'entraide potentielle entre ces traîtresses à l'Angkar padevat.

Au bout de quelques heures, Sivatha avait oublié sa nudité. Elle était focalisée sur les douleurs de son dos, de ses fesses, du dessous de ses bras et de ses cuisses. Dans l'impossibilité de bouger, son corps se raidissait. Ses membres, ses chairs et ses os s'ankylosaient et devenaient aussi durs que du métal.

Elle tenta de somnoler mais la souffrance l'empêchait de sombrer dans le sommeil. Combien de temps pourrait-elle tenir ?

Brusquement, elle fut tirée de ce demi-sommeil par des cris venus de l'extérieur. Le jour était levé depuis longtemps. Une voix faible à côté d'elle lui souffla :

— Mastication… Bastonnade… Les os crient.

14

Sivatha se trouvait dans un semi-coma. La faim et la soif avaient pris le dessus sur les douleurs des maillons de fer. Ou bien était-ce la réunion de ces différentes souffrances qui la mettait dans une forme d'inconscience ?

La nuit avait succédé au jour. Puis un nouveau lever de soleil était venu.

Plusieurs femmes vivantes avaient été « prélevées » dans l'amas de corps dans lequel certaines étaient décédées. Les gardiens en rigolaient.

— T'as vu celle-là ! Même pas le temps de la baiser. Elle s'est barrée sans nous prévenir. Une salope de moins sur terre.

— En enfer ! Si elle croise un soldat khmer, son calvaire va continuer.

— Pas de paradis après la mort. Quant à l'enfer, mon pote, il est là. Et nous sommes leurs anges gardiens.

Ils laissèrent les corps sans vie mêlés aux autres femmes. La chaleur étouffante et humide accélérait la décomposition des chairs.

— Un cadeau pour les survivantes. Elles vont sentir ce qu'elles vont devenir.

Éclats de rire.

Ils soulevèrent deux jeunes filles. Elles pouvaient à peine marcher. Elles furent traînées par les aisselles.

— Allez, mes belles. L'heure est venue de remplir votre cahier des aveux. Ensuite, Noun décidera de votre sort.

Cris plaintifs. Même plus la force d'appeler à l'aide, de supplier d'arrêter. Ou bien était-ce le strict respect des règles : « Pendant la bastonnade ou l'électrochoc, il est interdit de crier fort » ?

Et pourtant Sivatha entendit, peu de temps après, des hurlements. Difficile de reconnaître s'il s'agissait de ceux d'hommes ou de femmes. Tellement aigus... Se libérer des terribles douleurs occasionnées par les tortures. Ou crier de terreur. Plus de distinction de sexe dans l'expression des supplices infligés.

Quand le silence revenait, il était le signal de l'agonie finale.

La lumière du jour avait fini par s'estomper. Une nouvelle nuit s'annonçait. Les femmes n'étaient pas revenues mais avaient été remplacées par des inconnues. Malgré la pénombre, des taches sombres étaient visibles sur leurs pantalons en toile.

Sivatha attendait son tour.

Durant la troisième nuit d'entrave, elle rêva de gouttes d'eau tombant sur son visage. Réflexe de survie. Elle les happa du bout de la langue. Puis un fin filet s'immisça entre ses lèvres.

— Ne bois pas trop vite sinon tu vas vomir. Petit à petit.

Elle ne s'était pas aperçue qu'elle avait été recouverte d'un drap.

La voix reprit :

— Tu vas récupérer un peu. Tu vas venir avec moi. Tu auras droit à un repas, juste de quoi te requinquer. Je t'offre aussi une douche. Je n'aime pas les femmes sales.

Elle ouvrit lentement les yeux.

Au-dessus d'elle se tenait Noun, une gourde à la main.

Une vague de terreur la saisit. Elle tenta de tirer sur ses liens. Pas assez de force.

— Ça ne sert à rien, Sivatha. Je détiens les clés.

Il fit tinter un trousseau devant ses yeux.

— N'aie pas peur. J'ai tous les pouvoirs ici. Tu l'as compris, je pense. Alors, suivant mon humeur, il peut se passer plusieurs choses. La première est que je te tue. La deuxième est que je te laisse provisoirement en vie en t'abandonnant à mes gardiens. Ce sont des Khmers rouges. Tu sais ce que ça signifie ? Leur inventivité en matière de tortures est sans limite.

Elle écarquilla les yeux.

— D'autres possibilités existent. Devenir une esclave sexuelle par exemple. Je te regarde depuis un bon moment. Ton corps est jeune et magnifique. Ce serait dommage de le gâcher en te laissant dans les mains de brutes épaisses. Je sais de quoi je parle, je les ai moi-même formés. Reste une ultime possibilité. Je te sauve.

Il versa entre ses lèvres quelques gouttes d'eau.

— Je vais opter pour cette dernière solution. Mais tu dois le mériter.

Il défit les menottes. Sivatha ne bougeait pas. Impossible tant sa peau, ses muscles, ses articulations étaient littéralement soudés aux mailles métalliques du lit.

Noun la souleva comme un fétu de paille. Elle gémit sous la douleur.

Il était grand et sa musculature massive. Indéniablement, sa corpulence hors norme faisait partie de son aura de chef incontesté du centre S-21.

Il la prit dans ses bras en ayant soin de rajuster le drap. Sa nudité devait être désormais cachée. Ils passèrent la porte du bâtiment C et se dirigèrent vers les quartiers privés de Noun.

Sivatha connaissait la pièce principale, là où elle avait été interrogée à son arrivée. Du pied, il poussa la porte du fond et elle découvrit une chambre à deux lits avec de vrais matelas.

Noun la déposa délicatement sur l'un d'eux.

— Je t'apporte un bol de riz. Tu dois manger.

Il posa le récipient à côté d'elle avec une petite cruche d'eau puis referma la porte à clé.

Pas de couverts.

Sur une chaise une tenue de rechange complète. Elle trouva des sous-vêtements propres, un pantalon et une chemise noire. Au sol, une paire de sandales. Le parfait déguisement des Khmers rouges. Manquait l'écharpe à carreaux rouge et blanc. Le signe extérieur des dignitaires Khmers. Noun n'allait pas aussi loin.

Elle passa la journée seule dans cette chambre. Elle reprit quelques forces et apprécia la douche chaude et réconfortante. Ses épaules, son dos et ses cuisses la faisaient souffrir. Un baume était à sa disposition et elle s'en badigeonna le corps du mieux possible. Sivatha n'était pas naïve au point d'imaginer qu'elle était sortie d'affaire. Tout avait un prix. Mais lequel ?

En fin d'après-midi, Noun vint la retrouver.

— Je vois que tu vas mieux. Je dois m'absenter ce soir. Je reviendrai tard dans la nuit. D'ici là, tu es tenue de remplir ce cahier.

Il posa un calepin dont les feuillets étaient reliés par une ficelle ainsi qu'un crayon gris et de quoi le tailler.

— Tu sais lire et écrire au moins ?

— Oui, monsieur.

— Bien... Tu y inscris tes aveux.

— Je n'en ai pas.

— Mais si, sinon tu ne serais pas ici. As-tu conscience du privilège d'être dans mes quartiers ? Tu devrais me remercier. Mais ça n'enlève rien au fait que tu sois une traîtresse à l'Angkar padevat. Alors, tu notes ce qui dans ta conduite est contraire à nos lois. Puis tu donnes une liste de noms de celles et ceux qui, comme toi, sont des opposants ou des contre-révolutionnaires.

— Oui, monsieur.

Noun lui amena de nouveau un bol de riz et une cruche d'eau puis il referma la porte derrière lui. Par la fenêtre bardée de barreaux et d'une rangée de fil de fer barbelé, Sivatha le regarda sortir. Il monta à l'avant d'un camion. Elle aperçut furtivement l'arrière du véhicule. De nombreux hommes y étaient entassés. Des détenus. Certains étaient debout mais la majorité semblaient allongés. Elle vit qu'ils avaient tous les yeux bandés.

Le diesel fit un boucan du diable et lâcha une épaisse fumée noire.

Noun posa la main sur le bras du chauffeur.

— Allez ! Tu sais où on va.

À quinze kilomètres au sud-ouest de Phnom Penh s'étendait une vaste région herbeuse du nom de Choeung Ek. Le chemin pour y accéder était défoncé. Les pluies des jours derniers ralentissaient la progression du véhicule. Près de trois quarts d'heure pour avaler cette distance.

Un chemin de boue débouchait sur un parking partiellement goudronné. Deux gardiens accompagnaient les détenus. Ils descendirent en premier.

Nuit totale. Ils guidèrent les hommes, les femmes et plusieurs enfants dans un baraquement.

— Votre nouvelle destination. Se prélasser au centre, c'est terminé pour vous. Si on vous a bandé les yeux, c'est pour que vous ne puissiez pas reconnaître la route et revenir en arrière en cas de fuite. On va vous remettre au travail. Les champs environnants attendent une nouvelle culture de riz. Même la nuit, le peuple passe avant tout. Des millions de gens souhaitent manger à leur faim.

Le maton désigna un premier homme en le touchant à l'épaule.

— Toi, va dehors, mon collègue va t'accompagner et te montrer tes tâches. Vous sortirez un par un quand je vous le dirai. Femmes et enfants aussi.

L'homme obéit et fut amené au début du champ, devant une tranchée fraîchement creusée.

Trois puissants spots branchés sur un groupe électrogène et montés sur des trépieds métalliques inondaient l'espace d'une lumière jaunâtre.

Noun s'était installé sur un monticule surplombant le champ. Assis sur un siège pliable, il dominait la scène.

Il fit un geste approbateur au gardien qui poussa devant lui le détenu, les yeux toujours bandés.

— Ton nom.

— Kim Thack.

— À genoux maintenant. Pose tes mains sur le sol pour sentir la terre nourricière.

Ce qu'il fit.

Un vieil essieu de voiture se trouvait à ses côtés dans l'herbe. Le gardien le ramassa, le leva à hauteur d'épaule et prit l'élan nécessaire pour frapper l'homme à la nuque. Pour se donner du courage, il hurla :

— Les os crient !

L'homme tomba visage contre terre.

Le gardien sortit un long couteau de sa ceinture. Il lui releva la tête par les cheveux. D'un coup rapide, il lui trancha la gorge.

— Les chairs appellent !

Sans attendre, le maton déshabilla le cadavre et mit en tas les vêtements maculés de sang. Rien ne se perdait. Ils resserviraient.

Du pied, il poussa la dépouille dans la fosse.

Un par un, l'ensemble du convoi y passa. Hommes, femmes et enfants. Sans aucune hésitation. Une banalité.

Le premier détenu tomba à vingt et une heures. Le dernier, un garçon de dix ans, à deux heures du matin.

Noun n'avait pas bougé de son siège. Dans son registre, à la date du jour, il notait au fur et à mesure le nom de chaque condamné et l'heure de l'exécution.

La fosse était profonde. Des pelletées de terre jetées à la va-vite recouvrirent sommairement les corps. Une ou deux autres fournées suivraient dans la semaine. Jusqu'à la remplir.

D'autres terrains attendaient leurs funestes destins.

Sivatha se réveilla au son du diesel. Toujours la nuit. Elle ne bougea pas quand Noun entra dans la chambre et referma la porte à double tour derrière lui. Il ouvrit le coffre-fort incrusté dans le mur et y déposa les clés puis le verrouilla par une combinaison à chiffres. Sans un mot, il entra dans la salle de bains et prit une douche.

Il sortit nu et se posta devant le lit où Sivatha était allongée.

— Je sais que tu ne dors pas. Je vais te retirer tes vêtements. Ne dis rien, ne crie pas, ne pleure pas, ne gémis pas. Si j'entends un seul son de ta bouche, je te tue. Je ne te demande pas d'apprécier. Tu as compris ?

Juste un mouvement bref de la tête.

Après lui avoir ôté ses sous-vêtements, il s'allongea sur elle et la pénétra.

Un geste animal. Un défouloir. Une façon bestiale d'évacuer les horreurs de la nuit.

Sivatha sentit son corps s'ouvrir en deux. Elle se mordit les lèvres jusqu'au sang pour ne pas hurler.

15

Douze mois s'étaient écoulés depuis son arrivée au centre S-21. Le temps s'était figé. De quoi devenir folle.

Parfois un gardien la sortait pour une promenade dans le jardin. Une paire de menottes les reliait. Sivatha avait obtenu l'autorisation de s'asseoir une dizaine de minutes sur un banc au-dessous d'un arbre. Durant l'époque de la floraison, les fleurs dégageaient une odeur agréable de forte intensité. Elle fermait les yeux et se laissait envahir par ces senteurs enivrantes.

Un coup sec sur la chaîne la ramenait à la réalité. Fin de la balade. Retour dans la chambre de Noun où rien ne se passait… sauf trois nuits par semaine.

Un rituel immuable.

Lorsque le camion diesel revenait vers trois heures du matin, elle subissait sans aucune plainte les assauts de Noun.

Avec le temps, elle avait appris à se détendre. Aucune acceptation mais au moins les douleurs devenaient supportables.

Quant aux souffrances intérieures, Sivatha savait qu'elle était déjà morte.

En ce début d'avril 1977, Sivatha attendait fébrilement.

Elles auraient dû venir depuis deux semaines. Pour la première fois depuis ses douze ans, elles étaient en retard.

Sivatha comprit alors ce qui se passait dans son corps.

Qu'allait-elle devenir ?

Ou plutôt qu'allaient-ils devenir ?

16

Quelles raisons amènent un jour les adultes à procréer ? Gilles Kerlat aurait pu poser cette question à ses parents. Il ne l'avait jamais fait, il n'en avait peut-être pas eu le temps. Concernant sa fille Mau, il ne le savait pas vraiment non plus. Assurément une couverture pour ses déviances sexuelles et meurtrières. Être un bon père de famille avec un métier stable lui avait permis de se construire un parfait alibi. Du moins durant un certain temps.

Mais ce n'était pas tout.

Il avait éprouvé de véritables sentiments pour Champey et, quand elle lui avait annoncé qu'elle était enceinte, il avait ressenti une certaine satisfaction. Était-ce d'ailleurs le bon terme ? Avait-il conscience de la dualité qui s'exerçait dans sa tête et dans son corps ? Que se passait-il lorsqu'il tenait ce petit bout dans ses bras, contre son cœur, juste avant d'aller sacrifier d'autres enfants sur l'autel de ses fantasmes ? Il ne serait probablement jamais en mesure de résoudre cette énigme.

Les psys qui s'étaient penchés sur son cas avaient, eux, tenté de trouver les causes de ses actes en explorant son enfance. Devant un taiseux refusant de se plonger dans son passé, pas facile de sonder un subconscient. Il avait fallu mener une véritable enquête de police.

Pour un enfant, le pire était-il d'être insignifiant aux yeux de ses parents, de ne pas être aimé, ou, autre variante, d'être mal aimé, d'être abusé ? Kerlat avait connu toutes ces situations.

Jeanne et Roger Kerlat étaient ce qu'on appelle des gens de la nuit. Ils participaient assidûment à de nombreuses soirées dans des clubs échangistes avant la naissance de leur enfant mais aussi jusqu'à un mois de l'accouchement. L'alcool coulait à flots et Jeanne ne semblait pas se soucier du bébé qu'elle portait. Enceinte, elle découvrait même probablement de nouveaux plaisirs.

Roger s'en préoccupait encore moins. Était-il réellement le géniteur ? Lui comme son épouse n'en étaient pas certains. Une chose était cependant incontestable, Jeanne ne mettait pas nécessairement une protection à chaque rapport. Elle avait échappé à toutes les maladies sexuellement transmissibles. Une chance. Pour qui ? Pour elle ? Pour Gilles ? Ou une malchance pour les futurs assassinés ?

L'entourage du couple Kerlat avait sûrement dû être surpris qu'ils veuillent aller au terme de la grossesse.

A posteriori, une IVG pratiquée à l'époque aurait permis par la suite à de nombreux enfants de vivre. Paradoxal.

Les comportements violents de Gilles Kerlat ne puisaient pas leurs origines au creux du ventre de sa mère. Ils s'étaient construits au fur et à mesure de sa vie. Un bébé ne naît pas pervers, violent ni avec le besoin vital de tuer.

Jeanne accoucha le jour prévu. Pas de surprise. Roger Kerlat ne prit aucun jour de congé pour assister sa femme ou être le premier homme à prendre l'enfant dans ses bras. Une simple péripétie de la vie. Pas d'allaitement au sein, et peu d'intérêt pour le nouveau-né. Deux mois après la naissance de Gilles, les Kerlat reprirent leur vie d'avant.

Un peu malingre, ce petit. Du moins durant la première année de sa vie. L'alcool ingurgité par sa mère n'avait pas facilité son développement intra-utérin, mais le bébé se battait pour sa survie.

Entre le travail des parents et leurs nuits de débauche, une nourrice était à demeure chez les Kerlat. Au moins pendant ses trois premières années, Gilles reçut un minimum de tendresse. Il mangeait, avait les fesses propres, mais la majeure partie de son temps se déroulait dans son lit parapluie. Les rares moments où il souriait étaient lorsque la boîte à musique accrochée à l'armature du lit tournait au-dessus de sa tête. Mouvements rigolos et sons agréables.

Des heures devant des dessins animés enregistrés sur des cassettes VHS. Pas la meilleure façon d'apprendre à parler. Il ne sut pas ce qu'était l'amour parental.

Lorsqu'il entra à l'école maternelle, Gilles Kerlat n'avait à son répertoire qu'une dizaine de mots et fut tout de suite effrayé par le bruit, les cris, les rires des autres enfants. Sa chance : son intelligence et ses capacités d'adaptation. En moins d'un an, il avait rattrapé son retard linguistique. Mais le mal était fait. Il lui arrivait de frapper les autres enfants sans raison apparente. De fait, il s'excluait du groupe, refusait toute intégration dans des jeux à plusieurs.

Aurait-il pu être sauvé à ce moment ? Violent envers ses camarades de classe, rétif à l'autorité des institutrices, il fut baladé d'une classe à l'autre comme une patate chaude que l'on se refile.

Les années de maternelle s'écoulèrent. Gilles passa de longues heures en garderie. Après tout, hormis son caractère bizarre et agressif, il n'avait eu aucune difficulté avec les apprentissages de base.

Lorsqu'il entra au cours préparatoire, à six ans, son oncle Albert, le frère de Jeanne, se proposa de garder régulièrement son neveu. Quoi de plus naturel. Il avait de son côté deux enfants de sept et neuf ans.

Bien malgré lui, Gilles venait d'intégrer une salle de jeux très différente des précédentes. L'oncle Albert avait désormais sous la main un nouvel enfant avec lequel il pouvait s'amuser alternativement avec ses propres garçons, en toute impunité. Gilles fut violé fréquemment par cet homme entre ses six et ses douze ans. Les violences s'arrêtèrent à la mort de l'oncle. Une rupture d'anévrisme le fit basculer du haut de l'escalier de sa maison. Ce fut la chute qui le tua. Un pervers de moins dans la vie de Gilles. Une bonne nouvelle, certes, mais le mal était fait. Une fée noire s'était penchée sur son berceau le jour de sa naissance et ne l'avait pas quitté. Toujours présente à ses côtés au fil des années.

Lorsque la tante trouva son mari étendu sur le carrelage du hall d'entrée, baignant dans une mare de sang, Gilles se tenait stoïque devant le corps. Depuis combien de temps était-il là ? Le sang coulant de l'arrière du crâne de son oncle s'était étalé sur les dalles et avait contourné les chaussures de Gilles. Pas de traces de pas. Gilles n'avait pas bougé depuis la chute. La tante l'avait saisi par le bras et lui avait demandé ce qu'il s'était passé. Il avait juste montré du doigt la balustrade. Aucune expression sur son visage. Les yeux dans le vague.

La tante ne s'était pas épanchée longtemps. Cette mort était un soulagement pour tout le monde, semble-t-il. La courte enquête qui suivit ainsi que l'autopsie montrèrent que la rupture d'un vaisseau sanguin dans le cerveau lui avait fait perdre l'équilibre. Fracture du crâne et hémorragie.

Ses parents se retrouvaient donc avec cet enfant sur les bras, dont ils ne voulaient pas s'occuper. Les services sociaux s'en mêlèrent. Plaintes des institutrices de l'école primaire puis des professeurs du collège où était scolarisé le fils Kerlat. L'enfant était en danger. Il prenait du retard. Aucune maladie ni malformation. Seulement un refus de la moindre autorité et surtout un rejet de toute forme de socialisation. La vie privée des Kerlat ne tombait pas sous le coup de la loi. On décela cependant de graves déficiences en matière d'éducation.

Il fallut attendre tout de même sa quinzième année pour qu'il soit retiré de ce milieu et placé dans une famille d'accueil. Celle-ci abdiqua trois mois plus tard. Elle avoua son impuissance face à l'attitude de Gilles, qui bloquait systématiquement tout échange avec qui que ce soit. Puis il y eut d'autres familles d'accueil, sans plus de résultat. À dix-sept ans, Gilles intégra un foyer pour adolescents en difficulté. Ultime recours avant d'être lâché dans l'arène de la vie d'adulte.

Au regret des assistantes sociales, cette période ne fut d'aucun secours pour Gilles Kerlat. Fugues à répétition agrémentées de menus larcins : vol, de nourriture et de scooters. Il devait se nourrir et se déplacer durant ses escapades. Pas le choix. Il trouvait cela normal et considérait ces vols comme des emprunts.

Comment construire son identité d'homme avec ce passé, cette absence de repères ? Avec de telles images ?

Le mal était ancré en lui. Quelle vie allait-il choisir ? Passer des petits chapardages à la grande délinquance ? Devenir junkie pour oublier son passé d'enfant abusé ? Finir SDF ?

À dix-huit ans, la seule solution qui s'offrit à lui fut de s'engager dans l'armée. Quel était l'objectif ? Trouver la stabilité et l'autorité qui lui avaient, jusqu'alors, fait défaut ?

Peut-être.

Les services sociaux pouvaient respirer : il était majeur et avait fait son choix.

Ses proches s'en satisfaisaient. La société aussi.

Pour le moment.

17

Départ de Brest.

Pour une première fois, je ne fais pas les choses à moitié. Au fur et à mesure que l'heure de m'envoler approche, je ressens une forme d'appréhension mais aussi d'excitation. Je n'avais jamais pris l'avion avant aujourd'hui. Ce seront trois vols de suite : départ de Brest à midi pour Paris–Charles-de-Gaulle ; ensuite Paris-Bangkok, en Thaïlande ; puis un dernier avion pour Phnom Penh, capitale du Cambodge. Pas de vol direct entre la France et le Cambodge. En comptant les temps d'enregistrement et l'attente aux escales, pratiquement vingt-quatre heures de voyage. J'appréhende de me retrouver seule dans le dédale de couloirs des aéroports, les différents halls et les nombreuses salles d'embarquement, le passage obligé des contrôles de sécurité. J'espère ne pas me perdre. Je me persuade que j'ai largement le temps entre chaque avion. Et puis, il doit y avoir des points d'accueil pour être guidé vers le bon endroit.

J'ai soigneusement rangé mes billets et mes cartes d'embarquement. J'ai lu, relu la liste des produits à ne pas mettre en soute et ceux interdits dans le bagage à main. Coup de stress. Je vide une nouvelle fois mon grand sac à dos, au cas où.

Six heures de décalage horaire et vingt-cinq degrés d'écart. À peine dix degrés à Brest et trente-cinq à Phnom Penh. J'imagine la grosse bouffée de chaleur que je sentirai en descendant de l'avion. Un autre monde m'attend. Je me suis préparée de mon mieux. Mais je suis certaine que ce que j'ai vu et lu sur le Net ne donne qu'une pâle idée de la réalité du Cambodge, mon pays d'origine.

En montant dans l'Airbus A320 au départ de Brest, je ne peux m'empêcher d'indiquer à l'hôtesse de l'air que ce vol est mon premier. Grand sourire. Elle me rassure : pas d'inquiétude, tout va bien se passer.

— Y a parfois des crashs, lui dis-je.

— Vous avez cent fois plus de risques d'avoir un accident en conduisant.

— J'ai pas de voiture.

— Alors en traversant la rue… Même sur un passage protégé. N'hésitez pas à m'appeler. Un bouton se trouve au-dessus de votre tête. Je viendrai vous expliquer les différentes phases du vol. Sincèrement, n'ayez aucune crainte. Je suis hôtesse de l'air depuis vingt-cinq ans et je ne crois pas être une kamikaze, dit-elle, rayonnante.

J'attache ma ceinture et suis attentivement les consignes de sécurité mimées par les personnels de bord. Je vérifie que mon gilet de sauvetage est bien sous mon siège. J'observe l'endroit d'où peuvent tomber les masques à oxygène en cas de dépressurisation de l'appareil et je repère les lignes lumineuses au sol si une sortie en urgence est nécessaire. En regardant autour de moi, j'ai l'impression d'être la seule passagère à m'y intéresser. Plusieurs personnes gardent leurs écouteurs sur les oreilles. D'autres lisent une revue ou un journal. Cela devrait me rassurer. Néanmoins, si ces consignes sont énumérées, c'est qu'il y a tout de même des risques. Je respire profondément.

En bout de piste, la poussée des moteurs me cloue sur mon siège. Je subis l'impressionnante puissance de l'avion et je serre les accoudoirs de toutes mes forces. Mon voisin esquisse un sourire compatissant. Je sens les roues quitter le sol. L'appareil bouge. On s'élève rapidement et l'Airbus se stabilise. Je me sens mieux.

Le décollage n'est rien par rapport à l'atterrissage. Des morceaux d'aile s'allongent à l'arrière. Des bruits indiquent la sortie du train. Une bonne chose. Les ailes sont flexibles et s'inclinent légèrement de gauche à droite. Les pilotes savent ce qu'ils font. Puis le choc des pneumatiques sur le tarmac. Un rebond, avant un second contact et un gros freinage. Je suis projetée en avant. Enfin, on ralentit et l'appareil roule plusieurs minutes pour atteindre sa place de parking.

Mon dos est trempé. Et ce n'est que le premier vol ! Deux autres suivront dont un de onze heures pour Bangkok.

Cette fois, c'est un Boeing. L'avion me paraît énorme. Nous sommes au moins trois cents personnes, voire plus, à monter à bord.

Écran vidéo devant moi, casque audio, oreiller, cache-yeux, bouchons d'oreilles et couverture. Tout semble prévu pour passer de longues heures tranquillement. On nous servira un repas chaud complet et, en fin de voyage, on aura droit à un petit déjeuner. Tout est tellement nouveau pour moi. Comment un appareil aussi lourd peut-il voler ? Je reste admirative.

En altitude de croisière, je mets mon casque relié à mon téléphone portable en mode avion. J'ai enregistré de nombreuses compiles de musique. Besoin de décompresser.

Ma mère a sorti une boîte en fer-blanc que je n'avais jamais vue.

— Je ne pensais pas qu'elle te serait utile un jour, Champey.

— Pourquoi ne me l'avoir jamais montrée ? Une partie de mon passé y est consignée.

— Je suis désolée… Pour ton père et moi, ce sont de précieux souvenirs.

Dans des pochettes plastique, de vieilles photos jaunies. Ma mère en a étalé quelques-unes sur la table de la salle à manger.

Mau en a profité pour grimper sur mes genoux.

— Je veux voir aussi.

J'ai perçu le regard désapprobateur de ma mère.

— Tu ne préfères pas regarder des dessins animés ?

Mau a sauté à terre et s'est ruée devant la télé. Ma mère a ramassé le tout et m'a invitée à la suivre dans la cuisine.

— Ta fille est au courant de quoi, exactement ?

— Elle sait évidemment que je suis une enfant adoptée. Il suffit de nous regarder, toi et moi, pour s'en apercevoir. Mais en gros, rien de plus. Je ne lui ai pas dit que je venais du Cambodge ni que j'avais été abandonnée dans un orphelinat.

— Il y a quelques jours, Mau m'a demandé si j'avais connu son père. J'ai bien sûr répondu oui. Pas le choix. J'étais gênée. Je me suis doutée que tu ne lui avais pas raconté les horreurs qu'il a perpétrées. Je m'en suis sortie en lui renvoyant la question : « Que sais-tu sur lui ? » J'ai appris alors que tu lui avais constitué un album photo. Elle m'a promis de me le montrer. Ses yeux pétillaient de bonheur… avec une pointe de tristesse : décès de son père un an après sa naissance dans un accident de voiture. Un homme gentil et aimant.

— Des mensonges, oui.

— Je ne te reproche rien. Mais un jour, elle saura et votre relation deviendra compliquée. Elle te reprochera de lui avoir menti, même si elle comprendra pourquoi.

— Ce n'est pas d'actualité.

J'ai montré les photos.

— Toi aussi, tu m'as caché des choses.

— Pas de la même ampleur ni avec les mêmes conséquences.

— Laisse-moi en juger.

Ma remarque a vexé ma mère.

— Désolée, maman. Je suis à cran. Vas-y.

J'ai découvert mes premières photos. J'étais encore dans le lit à l'orphelinat. D'autres clichés me montrent dans les bras de mes parents.

Je remarque qu'il y en a très peu de mon père.

— Il a refusé d'être photographié dès qu'il a appris son cancer. Il voulait que nous gardions uniquement l'image des bons moments passés avec lui.

— Je me souviens de ses derniers jours. La peau sur les os. Des machines le maintenaient en vie. Heureusement, son agonie n'a pas duré.

— Tu avais six ans quand il est mort. L'âge actuel de ta fille.

Ma mère a ouvert une autre pochette où sont rangés des documents administratifs.

— C'est l'ensemble de la procédure d'adoption. Il y a aussi la demande d'obtention de la nationalité française. Officiellement, tu es née le 20 décembre 1977.

— Ou le 21 janvier 1978.

— Ne doute pas du 20 décembre. Cette date est actée comme celle de ta naissance. Tu ne pourras rien y changer.

Je n'ai pas répondu. Ce n'est pas la peine. Ce problème est le mien, pas celui de ma mère.

— As-tu des infos sur l'homme qui m'a abandonnée ?

— Nous, non.

— Et l'orphelinat ?

— Pas que je sache.

J'ai emprunté les papiers et plusieurs clichés pour les photocopier.

Quelques jours plus tard, j'ai obtenu un rendez-vous avec la directrice de l'orphelinat de Brest. Dès mon arrivée, elle m'a dit que le terme « orphelinat » n'était plus le bon. On parle désormais de « foyer » ou de « maison d'enfants à caractère social ».

— Nous nous occupons toujours des bébés abandonnés mais pas seulement. Nous sommes spécialisés dans l'accueil temporaire de mineurs en difficulté. Nous avons un internat mais nous sommes aussi un foyer ouvert avec des enfants scolarisés à l'extérieur.

Elle m'a expliqué les procédures de placement, notamment dans les cas de violences familiales ou de graves carences éducatives. Des mesures de protection. Ce foyer prend aussi en charge des enfants étrangers isolés. Dans la mesure du possible, ne laisser personne sur la touche, c'est un principe. Elle m'a parlé aussi des enfants de parents SDF. Les situations sont toutes différentes.

En l'entendant, j'ai mesuré ma chance d'avoir été rapidement adoptée. Je lui ai présenté mon cas et ma demande.

— Avez-vous des éléments sur l'homme qui m'a déposée ici... il y a quarante ans ?

— Nous avons numérisé nos archives à partir de 1990. Avant cette décennie, elles sont encore en version papier et entreposées dans une réserve.

— Mes parents d'adoption sont venus pour la première fois ici le 20 décembre 1978.

— Au moins, vous êtes précise ! Normalement, je ne devrais pas vous autoriser à regarder ces archives mais, avec les documents que vous me présentez et ce délai de quarante ans, je vais voir ce qu'il est possible de faire. Si vous étiez née sous X, ma réponse aurait été négative.

— Désirez-vous quelque chose à boire, madame ?

L'hôtesse de l'air m'extirpe de mes souvenirs. Je reste quelques secondes sans réaction.

— Nous avons du champagne, du vin et des boissons non alcoolisées.

J'opte pour un Perrier.

Le repas arrive rapidement. Je le trouve bon.

Je refuse café et thé.

Je remets mes écouteurs, le cache-yeux et je replonge dans mes pensées.

Il ne restait pas beaucoup de documents. J'ai trouvé ma fiche d'admission. La date de mon arrivée à l'orphelinat est le 5 décembre 1978. Quinze jours exactement avant la première visite de mes futurs parents. Je m'étonne de la rapidité du processus.

— Je n'étais pas en poste à cette époque mais il n'est pas rare que des personnes en mal de bébé effectuent des démarches en amont. Vos parents avaient sûrement déjà contacté le foyer en remplissant une fiche de demande. Ils ont donc été prévenus tout de suite de votre arrivée. Ensuite la procédure est longue.

En retournant ce document d'admission, je suis tombée sur le Graal. Au verso, une note manuscrite décrit la façon dont j'ai été amenée ici.

En ce jour du 5 décembre 1978, un dénommé Robert Le Gall nous a déposé un bébé étranger. Dans sa déclaration, il nous a certifié que cet enfant cambodgien lui avait été confié lors de sa fuite de Phnom Penh où de violents combats allaient opposer Vietnamiens et Khmers rouges. Il n'est pas de notre ressort de vérifier ses dires mais de nombreux enfants se sont retrouvés en France à la suite des différents conflits ravageant cette partie du monde. Par déontologie, nous nous devons d'accueillir cet enfant sans poser plus de questions. L'homme a d'ailleurs refusé d'indiquer comment il était arrivé en France avec un bébé sans papiers. Il ne nous a pas laissé non plus ses coordonnées.

Signé du directeur de l'époque.

J'ai obtenu une photocopie du document. J'étais aux anges. J'avais enfin un nom.

— Ne vous emballez pas trop vite, madame. Ce patronyme est peut-être faux.

— Je sais.

Il existe des milliers de Le Gall en Bretagne. Rien qu'à Plougastel-Daoulas, à côté de Brest, ils occupent la moitié de l'annuaire. Un travail de titan m'attendait.

J'ai donc commencé par Plougastel. En accolant le prénom Robert, j'ai restreint largement mon champ de recherche.

Si cet individu était toujours en vie, il devrait être âgé de soixante-cinq ou soixante-dix ans. Je le sentirais au son de sa voix. Cependant, je ne me voyais pas demander au téléphone : « Êtes-vous l'homme qui a abandonné un bébé le 5 décembre 1978 ? »

Je l'ai joué différemment. J'ai dit que j'étais une journaliste qui réalisait un reportage sur les exactions des Khmers rouges au milieu des années soixante-dix.

Un seul m'a demandé pourquoi je l'appelais.

— Dans mes recherches, j'ai appris que de nombreux expatriés français se trouvaient dans ce pays durant ces années terribles. J'ai eu accès à une partie des archives de l'immigration de l'époque et j'ai obtenu plusieurs noms dont celui d'un certain Robert Le Gall. En tant que Bretonne, je limite à ce stade mes recherches à des personnes proches de mon domicile. J'habite Brest et mon nom est Le Roy. En deux mots.

— Effectivement, j'étais là-bas durant cette période mais je n'ai pas très envie de me remémorer les atrocités dont ont été victimes ces gens.

— Je comprends, monsieur. Des historiens ont rédigé de nombreux ouvrages sur le sujet. Ma démarche est différente. Je souhaite écrire les petites histoires qui ont construit la grande histoire. À partir de récits de vie singuliers, j'espère montrer comment les expatriés ont vécu ces moments.

Il a hésité, a voulu que je lui donne de plus amples informations. J'allais me retrouver sans arguments quand il a fini par accepter de me rencontrer chez lui.

Toute ma vie je me souviendrai de sa surprise lorsqu'il m'a vue. J'avais évidemment omis de lui indiquer mes origines.

Je l'ai senti hésiter.

— S'il vous plaît, monsieur.

Il m'a laissée entrer.

Je m'attendais à ce qu'il me demande comment je l'avais retrouvé. Il m'a proposé de prendre un fauteuil et m'a souri. Un sourire sincère.

— Je suis heureux de vous rencontrer… Après toutes ces années !… Je vous prie de m'excuser pour l'accueil. C'est l'émotion. Vous vous appelez Champey, n'est-ce pas ?

Je suis restée sans voix. La gorge serrée.

— En khmer, Champey signifie « Fleur parfumée ». Ce beau prénom vous a été donné par votre mère.

Une nouvelle fois, des larmes ont coulé sur mes joues.

18

La consigne « Attachez vos ceintures » s'allume au-dessus de ma tête. Le commandant de bord nous annonce l'entrée imminente dans une zone de turbulences. Chacun doit rejoindre sa place. Pour ma part, je n'ai pas bougé et j'ai gardé ma ceinture bouclée.

L'avion est secoué dans tous les sens, j'ai comme la sensation d'être dans une voiture roulant à grande vitesse sur une route défoncée, parsemée de nids-de-poule. Je demande à une hôtesse si ça va être long.

— Quelques minutes, me répond-elle. Les turbulences de ce type sont fréquentes. L'avion est conçu pour supporter des situations plus difficiles. Aucun problème, madame.

Je ne me sens pas rassurée pour autant.

— Les conditions peuvent être pires, me dit mon voisin. Les trous d'air sont nettement plus impressionnants. La disparité de température entre plusieurs couches d'air crée une portance différente sur les ailes. L'effet est brutal. L'avion peut plonger d'un coup sur une hauteur de plusieurs centaines de mètres. Comme dans un manège de fête foraine, votre cœur remonte au fond de la gorge. Vous avez un sac en papier dans la pochette devant vous.

Au cas où… Mais c'est comme pour les turbulences : aucun danger.

Mon angoisse empire. Ces explications ne m'apaisent pas. La justification rationnelle d'un phénomène n'empêche pas l'accident.

L'homme poursuit son petit exposé.

— Je me permets de vous rassurer parce que je travaille dans la maintenance de ce type d'appareil. J'ai confiance dans les pilotes et les mécaniciens. Je prends souvent l'avion. Vous n'avez vraiment aucun souci à vous faire.

Je ne l'écoute plus.

Je regarde furtivement autour de moi. Personne ne semble inquiet.

La nuit est tombée à l'extérieur et la lumière dans l'avion a été nettement baissée. Une façon d'informer les passagers que le service en cabine est terminé. Sur l'écran vidéo devant moi est indiquée notre position par rapport aux points de départ et d'arrivée. Nous sommes au milieu du vol.

J'ai dû m'assoupir une heure.

En me réveillant, je remets mon casque et pratique des exercices de respiration pour réguler mon stress.

Face à moi, l'homme qui m'a sauvé la vie quarante ans auparavant. C'est de cette façon qu'il m'a présenté mon abandon à l'orphelinat. Durant plusieurs heures, il m'a raconté la situation hallucinante dans laquelle se trouvait le Cambodge sous l'emprise des Khmers rouges. Ils avaient profité de l'inaction du prince Sihanouk lors des bombardements américains et de la guerre du Vietnam pour fomenter un coup d'État. Soumis à une idéologie ridicule et sans aucune perspective d'avenir, les Cambodgiens devaient uniquement se concentrer sur la production de nourriture : villes vidées de leurs habitants, écoles fermées, monnaie abolie, religions interdites.

Par peur de voir émerger une quelconque opposition, les Khmers rouges ont systématiquement massacré les intellectuels et leur famille.

— Au cas où ça soit génétique. De nombreux camps de travail forcé se sont ouverts. Chaque Cambodgien devait participer à la culture du riz. La majorité des gens n'y connaissaient absolument rien, et personne chez les Khmers rouges n'était en capacité de leur apprendre les rudiments de cette culture. Les objectifs de production étant impossibles à atteindre, les dirigeants khmers, complètement paranoïaques, ont reproché aux nouveaux paysans leur incompétence, ils les ont internés et exécutés massivement. Cette politique a été dévastatrice et contre-productive. Une famine s'est abattue sur l'ensemble du pays. Associée aux massacres organisés, elle a été à l'origine d'un génocide de plus de deux millions de personnes.

« À cette époque, je bourlinguais dans l'Asie du Sud-Est avec mon appareil photo. À vingt-cinq ans, j'étais imbibé de l'idéologie marxiste. Je voulais participer activement à la lutte des classes. J'étais persuadé qu'une société sans classes était la seule alternative au capitalisme, destructeur des valeurs humaines.

— Et que pensez-vous maintenant ? ai-je osé lui demander.

Robert Le Gall a souri.

— Le problème n'est pas l'idéologie en elle-même mais les hommes qui la portent. Quel que soit le mode d'organisation de la société, le pouvoir pervertit méthodiquement l'âme humaine. Le communisme n'échappe pas à cette règle. L'anarchisme non plus.

Il a levé une main, comme pour chasser une mouche.

— Du passé tout ça. L'URSS s'est écroulée, les Américains viennent dépenser leurs dollars à Cuba. La Corée du Nord, l'un des pays les plus totalitaires qui soient, dispose de l'arme nucléaire et veut devenir l'égale de l'ennemi héréditaire, l'Amérique. Et la Chine ? Elle a atteint le summum de la perversion du système. Un président élu à vie à l'unanimité des députés votants ! Dites-vous bien que ce pays sera bientôt la première puissance au monde, tant par son nombre d'habitants que par ses capacités économiques. Le pays qui dominera la planète sera une dictature !

Robert Le Gall m'a proposé un nouveau thé.

— Il vient de Chine, justement. Un thé vert cueilli à la main. La main-d'œuvre est nombreuse et pas chère là-bas. Mais revenons à la raison de votre visite.

— Merci. Vous êtes donc l'homme qui m'a abandonnée… Pardon, qui m'a sauvée d'une mort certaine au Cambodge.

— Si vous étiez restée dans ce camp, vous n'auriez pas survécu.

— Racontez-moi, s'il vous plaît.

— Passons sur mes déambulations mystiques ou idéologiques. Évidemment, aucune information n'était disponible sur les événements qui se déroulaient au Cambodge. Depuis longtemps, les journalistes avaient été tués. Je suis donc arrivé confiant à Phnom Penh vers la fin septembre 1978, avec comme bagage mon vieux Leica. Parce que j'avais cet appareil photo en bandoulière, j'ai été arrêté immédiatement par la police khmère. Par définition, j'étais un espion de la CIA, un suppôt de Satan, et j'ai été emmené dans un camp. Le pire de tous : Tuol Sleng. Plus connu sous le nom de S-21. Un lycée transformé en prison où les détenus, tous des innocents, étaient sauvagement torturés. Ils devaient avouer leurs méfaits et dénoncer au moins cinquante personnes appartenant à la CIA ou contre-révolutionnaires.

Il a grimacé de dépit.

— Sans être mathématicien, un rapide calcul montre l'ineptie de ce système. Si chaque détenu donnait cinquante noms, puis si les cinquante nouveaux arrêtés dénonçaient à leur tour cinquante personnes, en moins de deux ans, la population cambodgienne tout entière se retrouverait sous les verrous, à subir les pires tortures, et finirait massacrée. Khmers rouges y compris.

Il a bu une gorgée de thé.

— J'ai été interné juste après qu'un Australien a été martyrisé et tué. J'ai su bien plus tard qu'il avait donné cinquante noms dont ceux de Churchill, d'acteurs américains, de chanteurs... tout ce qui lui passait par la tête. La torture est insupportable. Vous délirez et vous n'avez qu'une seule envie : qu'elle cesse.

— Vous avez été vous-même torturé ?

Ses yeux se sont voilés.

— Je ne souhaite pas en parler. Renseignez-vous sur le camp S-21 et vous comprendrez. Mais là... Quarante ans plus tard, je n'ai toujours pas la force.

— Je suis désolée.

— Ne le soyez pas. Vous ne pouviez pas savoir. Deux semaines à endurer des interrogatoires plusieurs fois par jour. Et puis, à la mi-octobre 1978, le dirigeant du camp, Noun, qu'il s'appelait, m'emmène de force dans son bureau. J'avais la peur au ventre. Il m'avait plusieurs fois torturé à l'électricité. Je tremblais... Il me demande de m'asseoir sur une chaise devant son bureau. Je me souviens très bien de notre conversation, absolument surréaliste. « Tu es français, n'est-ce pas ? Le pays des droits de l'homme. » J'ai baissé la tête. La terreur me tétanisait. « Ici, l'avenir va bientôt s'obscurcir. Nous sommes en guerre contre les Vietnamiens. Je ne donne pas cher de nos capacités militaires face à leur détermination. Un conflit est en cours. Peut-être deux ou trois mois avant que ces sanguinaires prennent Phnom Penh. Ce peuple est tenace. L'Empire khmer a connu de nombreuses guerres avec lui. Peu importe l'histoire, pensons à l'avenir. Et le mien va s'assombrir. J'ai une requête à te soumettre. Disons plutôt une proposition. En échange de ta liberté et de sauf-conduits pour fuir sans encombre le Cambodge, je te demande de partir avec un bébé. »

« Je n'en croyais pas mes oreilles ! J'aurais accepté n'importe quoi pour quitter cet endroit de malheur. Alors, prendre un bébé… Évidemment ! Il se lève et me tend une liasse de documents. « Avec ça, tu es libre et tu resteras vivant tant que tu seras sur le territoire cambodgien. Ensuite, c'est ton problème. Maintenant, tu vas dans la pièce d'à côté. Une femme va te donner de nouveaux habits, de la nourriture et l'enfant. Ne lui pose aucune question et reste la tête basse. Ne la regarde pas. Puis tu sors par la porte de derrière. Un homme t'attend et te fera passer hors du camp. Ensuite un véhicule te mènera sur le chemin de la liberté. » Je suis allé dans la pièce d'à côté la tête baissée comme il me l'avait ordonné. Je croyais à une nouvelle ruse. Je m'attendais à des rires et à une bastonnade en règle. Mais rien de tout ça ! Une femme était là avec le bébé dans les bras.

— Ma mère ?

— Oui. Elle m'a parlé au creux de l'oreille. « Prenez bien soin de ma fille, m'a-t-elle murmuré. Elle s'appelle Champey. » Je ne lui ai rien demandé et elle ne m'a rien dit d'autre. Noun a tenu sa promesse. Un véhicule m'a conduit près de la frontière thaïlandaise, une région plus sûre que le Vietnam, et de là, j'ai pris un cargo en partance pour l'Europe et je suis arrivé à Brest.

« Je suis désolé, Champey, mais j'étais dans un état de délabrement physique et psychique tel que ma seule préoccupation était de me… comment dire… de me débarrasser de vous. Je l'ai fait aussitôt à terre.

— Je ne vous reproche rien et ne vous juge pas. Au contraire. Je vis grâce à vous, et je vous en remercie.

— Moi aussi je vous dois la vie. Je reste persuadé que nous serions morts tous les deux si je ne vous avais pas prise. Noun avait vu juste. Phnom Penh est tombée le 7 janvier 1979.

Un long silence s'est instauré entre nous. Il m'a fixée intensément. J'ai vu sur son visage de la compassion et même un soulagement.

— Pourquoi avoir donné votre nom à l'orphelinat ?

Il a inspiré profondément en levant les yeux au ciel.

— Je ne sais pas. Peut-être pour connaître des instants comme ceux que nous vivons là, tous les deux, maintenant.

Son regard est revenu vers moi.

— Oui. La raison est sûrement celle-là.

Je retire mon casque et mon cache-yeux. Le jour s'est levé et la luminosité dans la cabine s'intensifie peu à peu. Encore une heure trente de voyage. Je mange mon petit déjeuner avec appétit.

Sans problème, le Boeing atterrit à Bangkok. Pas le temps de sortir de l'aéroport. Bientôt, je vais prendre mon dernier vol pour le pays qui m'a vue naître.

Mes recherches ont été fructueuses. Noun est vivant. Reconnu coupable par un tribunal cambodgien pour crimes contre l'humanité, il a été condamné, en juillet 2008, à trente ans de réclusion.

19

Phnom Penh, capitale du Cambodge. Pour ce dernier vol, j'ai la chance d'être côté hublot. Durant l'approche pour l'atterrissage, je regarde le paysage. Je ne m'attendais pas à ce panorama. La ville que nous survolons est une capitale, mais je ne vois aucun building. Une suite plus ou moins anarchique de maisons, de bâtiments posés les uns à côté des autres sans logique. Ce pays est pauvre et Phnom Penh n'a rien à voir avec nos métropoles occidentales.

Après le passage par la police des frontières avec paiement sur place d'un visa, je me retrouve avec mon sac à dos dans le hall de l'aéroport.

De nombreux hommes attendent les passagers avec des panneaux en carton où sont inscrits des noms. Je vois le mien. Le conducteur prend mon sac et m'invite à le suivre.

L'hôtel où je vais séjourner m'a alloué un tuk-tuk, un tricycle motorisé servant de taxi. L'avant est constitué d'un scooter à une roue prolongé d'une carriole recouverte d'une capote. Le moyen de transport le plus utilisé au Cambodge et en Thaïlande.

Je ne connais pas la langue khmère mais mon anglais est correct et quelques Cambodgiens, me semble-t-il, parlent un peu français. Surtout les anciens.

Je vais me débrouiller.

Le trajet de l'aéroport à mon hôtel dans le centre-ville est une suite de chocs pour moi. Je suis vraiment dans une autre civilisation. Mon chauffeur se faufile entre des bovins qui déambulent tranquillement au milieu de la route. La définition du mot « route » n'est d'ailleurs pas la même en France. Ce que nous nommerions « chemins », des voies défoncées, constitue la chaussée habituelle.

Je m'accroche comme je le peux à l'armature de la carriole. D'innombrables nids-de-poule et quelques plaques de goudron parsèment le trajet.

C'est encore la saison sèche mais, pendant la mousson, ce parcours doit être impraticable. Et pourtant de nombreux avions arrivent et repartent chaque jour.

Je m'attends à mieux dans la ville. C'est pire.

Tuk-tuks, voitures souvent âgées, camions d'un autre siècle se croisent de façon désordonnée. Concert de klaxons. Je comprends très vite que ce mode d'expression n'est absolument pas agressif. Juste pour indiquer l'arrivée d'un véhicule. La définition même de l'avertisseur.

Et toujours avec le sourire.

J'interroge mon chauffeur sur le respect du Code de la route. Il m'explique qu'il en existe bien un, un « cadeau » de départ des Français, mais qu'ici, le seul Code qu'il faut vraiment connaître tient en une phrase : « Tu fais comme tu veux » !

Sur une voie unique, la file de véhicules se multiplie par deux, voire par trois… dans les deux sens, créant de vastes embouteillages. Les panneaux stop ou sens interdit sont là pour le décor. Entre ceux qui tardent à s'arrêter au feu rouge et ceux qui anticipent le feu vert, il y a toujours du monde au milieu des carrefours. Pour tourner à droite, on prend la file de droite, c'est normal. Mais quand on va à gauche, la logique est la même : on se déplace vers la gauche, malgré les véhicules venant en face. Et quand il est difficile de passer, les trottoirs ne sont plus réservés exclusivement aux piétons et les stations-service servent aussi de déviation pour les conducteurs pressés.

Étonnée par ces façons dangereuses de conduire, surtout pour les piétons, je ne peux m'empêcher de questionner mon chauffeur sur le rôle de la police.

Il me montre une petite liasse de billets usagés en monnaie locale coincée entre son smartphone – utilisé comme GPS – et son support. Dans le rétroviseur, il me sourit et se frotte le pouce contre l'index.

J'ose suggérer :

— Corruption ?

Il acquiesce. Je suis contente de n'avoir pas à prendre le guidon.

— Bienvenue au Cambodge, ma petite dame.

Je cesse de m'intéresser à la conduite de mon chauffeur pour observer ce qui m'entoure. Le tuk-tuk se faufile dans les rues étroites de la ville. Je suis étourdie par les mélanges d'odeurs. La pollution atmosphérique est élevée et je comprends pourquoi de nombreuses personnes ont des masques en papier sur le visage. Est-ce vraiment efficace ? Au détour d'une rue, des effluves de cuisine se mélangent à la puanteur des poubelles, accentuée par la chaleur. Je ne suis pas tombée sur un jour de ramassage.

Dans un autre quartier, des parasols de marché sont alignés sur les trottoirs. Sous chacun d'eux se trouvent de vieux sièges de barbier. La ruelle des coiffeurs en plein air. Le vent emporte au loin cheveux coupés et barbes rasées. On m'interpelle pour refaire ma coiffure. Je lève la main pour décliner poliment l'invitation.

Le long des trottoirs, des tuk-tuks modifiés proposent à la vente des glaces, des fritures, des boissons fraîches, des fruits ou des jus pressés à la demande. Une multitude de petits boulots disparus depuis longtemps de nos villes européennes.

Je lève le nez. Étrange sensation. Aucune construction ne semble finie, ou plutôt, tout est en perpétuel chantier. Manque criant de moyens.

Malgré mes yeux bridés et ma petite taille, je ne suis pas de ce monde. Rien de génétique. Mon arrivée en France à l'âge d'un an puis mon éducation ont fait de moi une étrangère ici.

Après un dernier nid-de-poule où j'ai failli être éjectée du véhicule, on arrive enfin devant l'hôtel. L'entrée est verdoyante et très fleurie. Des vasques de lotus enserrent l'accès. Je suis accueillie par la déesse Shiva. Une statue de deux mètres de haut avec ses huit bras et un sourire figé pour l'éternité.

Les commentaires sur Internet relevaient le caractère kitsch de la décoration de l'hôtel. C'est peu de le dire. Lourdes boiseries et larges banquettes en teck sombre. Coussins rouges et dorés. De vastes luminaires tapissent le plafond. Peut-être sont-ils en cristal ?

Je remplis les formulaires d'usage puis un employé m'accompagne à ma chambre. Vaste pièce dans le même style mais avec le confort à l'occidentale. La climatisation est en route. Le bonheur ! J'aime la chaleur, mais le changement a été brutal. Vingt-quatre heures auparavant, j'étais à Brest et me voilà à des milliers de kilomètres de mes repères. Décalage horaire oblige, je ressens la fatigue.

Après une rapide douche, je décide de bouder le lit qui m'appelle et pars déambuler dans la ville. Je prends une carte de l'hôtel et un plan pour m'orienter.

Je n'arrive toujours pas à penser que je suis dans une capitale. Je m'interroge sur le reste du pays. Je ne suis pas venue faire du tourisme et pourtant j'aurai aimé découvrir d'autres villes. Vu la capitale, que doivent être les cités provinciales ?

Très vite, je me retrouve devant l'entrée d'un marché partiellement couvert, spécialisé dans l'alimentaire. Quelques rares touristes y flânent.

J'observe les gens qui m'entourent. Même si je me sens étrangère, ce n'est pas ainsi qu'on me perçoit. À cause de mon physique, certainement. Je ne connais pas les codes du pays mais je me fonds facilement dans la population.

La température doit avoisiner les trente-quatre degrés et pourtant les étals de porc, de mouton et de poisson ne sont pas réfrigérés. Pas question pour moi de manger ces produits-là. Des gens d'ici les achètent sans problème. Ils sont probablement immunisés. Je ne m'y risquerai pas. Mon organisme ne le supporterait pas.

Je prends des photos le plus discrètement possible. Ne pas m'immiscer dans l'intimité des gens. Parfois je leur demande l'autorisation. Aucun refus. Au contraire, j'ai droit à la pose et à d'immenses sourires.

À côté d'un étalage de têtes de cochon parfaitement alignées, des paniers de légumes. La vendeuse porte un voile recouvrant une grande partie de son visage. Aucune ambiguïté quant à sa religion. Je suis rassurée de cette cohabitation impensable en France.

Ce pays presque entièrement bouddhiste est-il tolérant ? Bien que le but de mon voyage ne soit pas celui-là, je me promets de creuser cette question. J'ai énormément de choses à apprendre de ce pays.

Je suis épuisée. La chaleur, le décalage horaire et toutes ces découvertes m'étourdissent. De retour à mon hôtel, je me plonge dans mon guide touristique pour choisir un restaurant. J'opte pour le *Kabbas*, qui cumule les bonnes notes. Aussitôt passé le seuil, la serveuse me parle en khmer. J'en suis flattée, mais je lui réponds en anglais.

Je prends un plat typique du pays, un *amok trei*. Poisson, porc ou poulet au curry cuit à la vapeur, recouvert d'un lait de coco épais présenté dans un panier de feuille de bananier et accompagné de riz. Évidemment, ce plat est pimenté. Je ne suis pas habituée, pourtant, malgré mes papilles rapidement en feu, je me délecte de ce repas.

En regardant autour de moi, je vois exclusivement des touristes. Pour une Européenne, le prix du dîner est dérisoire. J'échange quelques mots avec un couple de Français installés la table d'à côté. Des jeunes d'une vingtaine d'années partis de Grenoble pour un périple d'un an en Asie du Sud-Est. Après le Laos et le Vietnam, ils séjournent au Cambodge depuis un mois et effectuent une visite complète du pays sans se presser.

— On utilise le plus souvent les transports en commun pour être au plus près de la population, précisent-ils, mais on loue de temps en temps un scooter. Au début, la circulation fait peur mais on s'y fait rapidement, et maintenant, on conduit comme de vrais Cambodgiens.

Ils iront ensuite en Thaïlande. Je les envie. Ils me demandent les raisons de mon voyage. Je n'entre pas dans les détails. Je leur dis simplement que je voulais connaître le pays où j'ai vu le jour. Le reste ne les concerne pas.

Qu'il fasse nuit ou jour, je dois demeurer sur mes gardes pour traverser les rues. Les piétons n'ont pas plus la priorité que les véhicules à moteur : on fait comme on veut !

En dépit de la fatigue, je n'ai pas envie de me coucher tout de suite. De retour dans ma chambre, je sors le dossier que j'ai constitué sur Noun, le tout-puissant chef de Tuol Sleng, le centre de détention secret S-21.

J'ai compilé des documents sur les déclarations des douze survivants de ce camp. Entre douze mille et vingt mille personnes y ont été emprisonnées et torturées. Elles ont toutes péri, assassinées. Hormis ces douze rescapés. Et au moins deux non répertoriés : Roger Le Gall et un bébé répondant au doux nom de Champey, « Fleur parfumée ».

Après avoir fui les combats entre Khmers et Vietnamiens dans la capitale, Noun a réussi à se faire oublier et a même intégré plusieurs ligues politiques. En proie à des convulsions internes, ces factions se sont délitées à la mort du dirigeant suprême, Pol Pot, en 1998. Les arrestations se sont enchaînées et Noun a été incarcéré en 1999 avec cinq autres responsables khmers. Neuf ans plus tard, son procès a enfin eu lieu. Une cour d'exception mixte, composée de représentants des Nations unies et d'une Chambre extraordinaire créée au sein des tribunaux cambodgiens, a été mise en place.

Durant le procès, Noun a été le seul à plaider coupable. Peut-être parce qu'il s'est converti au christianisme en 1995 ? Un mea culpa tardif ?

Ou à cause des preuves et des témoignages irréfutables qui l'accablaient…

J'extrais des feuillets de déclarations de survivants, synthétisées par l'un des procureurs :

Des détenus sont étouffés par des sacs en plastique, soumis à des décharges électriques dans les parties génitales. Des autopsies ont été pratiquées sur des personnes vivantes.

On leur a prélevé leur sang en grandes quantités. « Au moins cinq mille individus », a assuré un survivant, ont été saignés à mort.

D'autres témoins affirment que Noun a pris part à des tortures. Il avait lui-même codifié les méthodes d'interrogatoire en trois parties distinctes ou pouvant se cumuler : « froide » « chaude » et « mastication ».

Je laisse de côté de nombreuses pages. Je ne veux pas en savoir plus sur la mise en œuvre de ces tortures. Les termes se suffisent à eux-mêmes. Je reprends plus loin.

Sa minutie pour le classement et la bureaucratie va le perdre. Avant son départ du centre S-21, Noun a laissé un monceau d'archives qui ont étayé les accusations.

Quoi qu'il en soit, Noun a répondu aux questions et a parlé des heures devant ses juges. Il a apporté ses lumières sur la chaîne de commandement et le degré d'implication de chacun dans le génocide ayant provoqué la mort d'un quart de la population. Il a avancé comme argument qu'il s'était borné à suivre les ordres. Le leitmotiv de tous les bourreaux. Mais il a fini par reconnaître les faits.

Trente ans ! Seulement ? Le verdict me met hors de moi. Gilles Kerlat a pris perpétuité. Pour Noun, cela aurait été un minimum.

Avant de m'allonger pour tenter de dormir, je vérifie les différents papiers qui vont me permettre de me retrouver face à cet homme de quatre-vingts ans au parloir de la prison. J'ai obtenu le droit de le rencontrer comme une forme de réparation. J'ai argumenté que je suis une enfant cambodgienne abandonnée et sauvée de justesse par un Français fuyant la folie des Khmers rouges.

Après-demain, j'aurai le droit à une demi-heure en tête à tête avec lui.

Mais avant, j'ai prévu la visite complète du centre S-21, devenu un musée. J'appréhende ce moment mais je suis convaincue que ce lieu est celui de mon début de vie. Et peut-être bien celui de ma naissance.

J'avale mes somnifères dans l'espoir qu'ils m'anesthésient assez longtemps pour récupérer.

20

Est de la France

Alain Wendel vérifia une dernière fois son compte bancaire. La somme promise avait bien été versée. En fait, la moitié. La seconde partie arriverait quand le travail serait terminé et que l'ensemble des clauses du contrat seraient remplies.

Vu les antécédents de son commanditaire, il avait tout intérêt à respecter les conditions d'exécution. Sa réputation avait fait plusieurs fois le tour du Darknet. Il était digne de confiance. Bien sûr, chacun possédait une double face. Mais si Kerlat était un homme de parole, mieux valait ne pas le tromper. Même en cellule d'isolement, il venait de prouver qu'il avait toujours du pouvoir à l'extérieur.

Wendel était épaté par la façon dont Kerlat avait réussi, du fond de sa prison, à surfer du côté obscur du Net. Les faits étaient établis : il avait toujours les moyens matériels et financiers.

Pour Alain Wendel, le grand jour était enfin arrivé. Il n'avait pas la carrure ni l'intelligence pour monter ce genre d'opération mais il se sentait capable de suivre à la lettre le plan conçu par son idole. Cela le rassurait qu'il y ait des consignes. Jusqu'alors, il s'était contenté de visionner des vidéos et de pister des enfants dans la rue. Discrètement. Il n'était jamais passé à l'acte. La peur était encore plus forte que l'envie. Et surtout, il se sentait incapable d'élaborer un plan suffisamment subtil pour assouvir ses fantasmes et rentrer tranquillement chez lui sans être inquiété.

Il avait une totale confiance en Kerlat. Son passé avait démontré qu'il avait su se jouer des flics. Si sa femme ne l'avait pas trahi, il serait encore libre. Cette opération était un test. Wendel en était persuadé. Si elle réussissait, d'autres suivraient.

Première étape. Se constituer un alibi.

Pour son employeur, il avait posé des congés et récupéré des jours de RTT.

Concernant sa femme, le prétexte pour s'absenter longtemps de la maison avait été simple. Représentant en vins et spiritueux, il devait se rendre en Bretagne pour une longue prospection. Au moins deux semaines, lui avait-il dit. C'était une petite boulotte à l'intelligence quelconque… voire en dessous de la moyenne. Peut-être se sentait-il supérieur en vivant avec quelqu'un qu'il méprisait. Elle semblait amoureuse. Qui aurait voulu d'elle à part lui ? En réalité, il avait vu en elle un exutoire pour vivre ses fantasmes à l'insu de tous. Qui aurait pu avoir des soupçons vis-à-vis d'un agent commercial à la vie si ordinaire ? Cependant ses revenus étaient aléatoires et de plus en plus faibles. Les gens, surtout les jeunes, avaient changé leur façon de consommer de l'alcool. Les bars avaient de moins en moins la cote. Quant aux boîtes de nuit, le prix d'une bouteille était devenu prohibitif. L'alcool s'achetait désormais dans les supermarchés. Les petits commerçants du coin, qui fermaient tard le soir, avaient vu en quelques années leurs ventes d'alcool grimper en flèche. Une augmentation à deux chiffres. Les centrales d'achat pouvaient se frotter les mains. Le métier d'Alain Wendel était le démarchage des bars, des pubs et autres cafés. De moins en moins rentable.

Il avait ses habitudes. Pas question de les changer. Il prépara son sac de voyage en y rangeant minutieusement les vêtements que sa femme lui avait repassés. Il mit dans le coffre le matériel nécessaire en cochant soigneusement les éléments de la liste établie par Kerlat. Il posa sur le siège passager son ordinateur portable après avoir vérifié que la clé 4G était bien rangée dans la pochette de devant. De cette façon, il pouvait rapidement être en contact avec Kerlat.

Ses indemnités de déplacement étaient une misère. Il n'avait pas les moyens de s'offrir des hôtels de luxe. Il était un habitué du bas de gamme. Des Formule 1 ou, quand c'était possible, des Première Classe. Les avantages de ces derniers étaient, d'une part, que les toilettes et la douche étaient dans la chambre et non sur le palier, et, d'autre part, que les migrants y étaient moins nombreux. Dans les Formule 1, il y avait là surtout des Noirs et des Arabes.

Il n'avait jamais caché ses penchants pour les idées d'extrême droite. Pour lui, la sauvegarde de la France passait par une affirmation du Français de souche. Race blanche, né au pays depuis au moins quatre générations. Aucune honte à le revendiquer. Il n'aimait pas le mot « État ». Il préférait le mot « Nation », terme employé par les mouvances nationalistes, même s'il avait des difficultés à expliquer pourquoi et à en donner une définition.

Peu importe, il était raciste et ne s'en cachait pas.

Quant aux femmes, sa position était tout aussi claire et tranchée : elles étaient faites pour s'occuper du foyer et du mari lorsqu'il rentrait à la maison.

Les seules manifestations auxquelles il avait participé étaient pour combattre cette loi contre nature que le Parlement de gauche avait votée. Le « mariage pour tous » ! Quelle hérésie ! Des gouines, des pédés, tous à mettre dans des asiles. Les camps d'une époque révolue avaient eu pourtant du bon dans ce domaine. Ces gens, ces sous-hommes, étaient des dérangés mentaux. Des malnés. Dans son enfance, lorsqu'un animal malformé naissait à la ferme, on le tuait – souvent en l'égorgeant – et on le balançait sur le tas de fumier. Les poules, mais surtout les corbeaux, s'en occupaient.

Il faisait cependant une différence entre les pédés et les gouines. Deux filles entre elles, c'était assez bandant. Plusieurs fois, devant des films pornographiques, il s'était masturbé en regardant deux femmes se lécher. Il n'avait jamais visionné de films avec deux hommes ensemble. Rien que l'idée le faisait gerber.

Deuxième étape. Soigner le repérage.

Deux jours pour traverser la France d'est en ouest. Une pause au nord de la région parisienne puis direction Brest.

Là, le travail devenait sérieux. Le plan était méticuleux. Repérer avant tout les habitudes de la mère. Selon Gilles Kerlat, elle ne déviait jamais d'un iota. Il détenait une série d'informations fournies par son avocat. Elle amenait sa fille à l'école, elle retournait chez elle, au quatrième étage d'un immeuble en plein centre-ville, puis à dix heures précises, elle retrouvait son travail à *La Petite Poésie*. D'ailleurs, il avait l'intention de démarcher ce café-restaurant pour proposer au patron ses vins *made in France*. Du pur terroir alsacien.

Le soir, le rituel était tout aussi immuable. La gamine – il regarda ses notes –, Mau de son prénom, restait à la garderie le temps que sa mère vienne la chercher. Parfois, c'était la grand-mère qui s'en occupait. Il devait aussi observer les habitudes de cette femme. La difficulté était que la môme ne sortait jamais de la garderie sans être accompagnée de la mère ou de la grand-mère.

Lorsque Wendel aperçut pour la première fois la mère de la petite, il sentit une motivation supplémentaire : une bridée. Une Chinoise ou quelque chose du même genre. La gamine avait aussi les yeux bridés. Moins que la mère parce que les gènes du père avaient en partie gommé les imperfections.

Décevant qu'un homme comme Kerlat ait pu un jour être amoureux d'une étrangère. Il chassa cette remarque de son esprit. Peut-être avait-il fait comme lui : utiliser son épouse comme paravent. Ce n'était pas son problème ni le sujet du moment. Ne pas s'encombrer de réflexions perturbantes.

La troisième étape était plus délicate : enlever la gamine et l'emmener dans la planque désignée par Kerlat. Il devait attendre le bon moment. Il n'était pas à une journée près mais n'avait pas non plus toute la vie devant lui. Une semaine maximum pour la kidnapper. Puis une autre pour appliquer méticuleusement les consignes de son commanditaire. La fin était prévue d'avance.

Wendel changea régulièrement de planque. Parfois il restait des heures dans sa voiture, devant l'entrée de l'immeuble, ou à une terrasse de café avec vue imprenable sur les fenêtres du domicile de Champey Le Roy. Champey, quel prénom bizarre. Pas français. Le Roy sonnait bien, mais cette femme avait dû usurper ce nom pour faire croire qu'elle était bretonne. Il suffisait de regarder son visage écrasé pour déceler tout de suite la supercherie.

Il se balada dans le centre-ville et fit discrètement des allers-retours entre le domicile, l'école et *La Petite Poésie*. Il avait repéré des parkings lui permettant de se garer à différents endroits avec une distance la plus réduite possible entre la gamine et son véhicule.

Kerlat avait bien précisé que la mère, la Chinoise, ne devait pas être présente au moment du kidnapping. La force et la détermination d'une mère pour protéger sa progéniture n'étaient surtout pas à sous-estimer. « Encore moins cette femme-là. Son tour viendra », avait ajouté Kerlat.

Après deux jours de planque à déambuler dans la ville pour trouver une solution, Wendel commença à s'énerver. La patience n'était pas son fort et Kerlat lui mettait la pression. Les choses devaient s'accélérer.

La gamine n'était jamais seule. Aucun accroc dans le rythme journalier. Il envisageait déjà un plan plus violent. Venir par-derrière la mère, lui fracasser le crâne avec un marteau qu'il avait dans le coffre et embarquer la môme en la foutant dans la malle de sa Renault Captur de fonction. Pas vraiment ce qu'avait préconisé Kerlat.

Mais le troisième jour, la chance lui sourit enfin. Après avoir accompagné comme tous les matins sa fille à l'école, cette Champey ne se rendit pas à son travail. Il la vit sortir de son immeuble avec un gros sac à dos. Elle partait seule pour plusieurs jours. Une aubaine à ne pas rater. La grand-mère serait plus facile à éliminer que la mère. Une certitude.

21

Phnom Penh, S-21

Devant l'entrée du centre, je me surprends à hésiter. Je sens ma poitrine se serrer. Une oppression. Je pratique quelques exercices de respiration. Je ne suis pas venue de si loin pour rebrousser chemin ! Cette visite, ce pèlerinage est essentiel. Robert Le Gall a été séquestré et torturé dans ces lieux. J'y étais aussi puisqu'il est parti avec moi.

J'achète mon billet et je loue un audioguide. Je vais prendre mon temps.

Une allée gravillonnée d'une dizaine de mètres donne accès au porche où les camions chargés des « traîtres » à l'Angkar entraient pour déverser leur cargaison humaine.

Je m'assieds sur un banc devant le portail.

Je ferme les yeux un instant et me remémore la dernière séance avec Jacques Utreb. Il m'a fait part de ses inquiétudes.

— Vous devez vous préparer à affronter votre passé, m'a-t-il dit. Vous serez seule, ne l'oubliez pas. Personnellement, je trouve que vous allez un peu vite.

— C'est vous qui m'avez conseillé de me rendre au Cambodge.

— Oui, effectivement. Mais je pensais que nous préparerions votre voyage. Il vous faudra vous acclimater rapidement à ce nouvel environnement. Là-bas, vous serez probablement confrontée à de violents chocs émotionnels. Si, comme vous le croyez, votre mère ou votre père ont été incarcérés dans ce camp, ils y ont subi des violences inouïes. Je vous ai expliqué la nécessité de tout mettre sur la table et de faire le tri. Car la visite de S-21 puis la rencontre avec Noun risquent d'être un déclencheur brutal, une ouverture explosive de souvenirs non maîtrisables, qui ne sont pas les vôtres. Vous ne pourrez peut-être pas les dominer puisque, à l'origine, ils ne vous appartiennent pas.

Mes mains tremblaient légèrement. Je me suis frotté énergiquement le visage pour évacuer mon stress.

— J'en suis consciente. Mais mes cauchemars m'épuisent. Je dois... comment dire... solder mon passé et me construire ma propre mémoire.

— Je comprends et je vous soutiens, mais il y a un véritable danger. Je me permets une analogie. Votre cerveau peut réagir comme le disque dur d'un ordinateur soumis à une surtension. Pour éviter des dégâts irréparables, les défenses de l'unité centrale ferment instantanément des fichiers pour les protéger. Votre cerveau peut inhiber certaines fonctions vitales. Vous pourriez vous retrouver dans un trou noir. Une perte de conscience par exemple. Voire pire.

Ses paroles n'étaient pas rassurantes.

— Comme... ?

— Une dégradation de la mémoire. Une amnésie temporaire ou, si la décharge est extrême, totale. Vous ne saurez plus où vous êtes. Au bout du processus, vous aurez même oublié votre nom. Pensez à votre fille.

Étais-je aussi forte que je le croyais ? Je ne pouvais plus reculer.

— Il m'est impossible de continuer à vivre dans cette ignorance, lui ai-je déclaré. Je vais être prudente. Je vous le promets.

— Quelle que soit l'heure du jour ou de la nuit, je laisse mon téléphone ouvert. Au moindre doute, à la moindre alerte, n'hésitez pas à m'appeler.

Avant de sortir de son cabinet, j'ai esquissé un sourire.

— Merci pour votre aide.

Je passe sous le porche. Des fils de fer barbelé d'origine sont toujours visibles. J'imagine la peur des gens entrant ici la nuit. Sans repères, ils étaient déboussolés. Aucune lumière. Robert Le Gall m'a donné de nombreux détails sur son arrivée et sur la façon dont les détenus étaient traités. Sa voix tremblait, ses yeux étaient pleins de larmes. Il n'avait jamais pu faire abstraction de ses souffrances. Le temps s'était inexorablement écoulé mais il lui était toujours impossible d'oublier. Il m'a avoué qu'il ne passait pas une journée sans penser aux tortures subies au camp S-21.

J'enclenche l'audioguide. Face à moi s'alignent quatorze tombes anonymes. Les derniers morts du centre avant la fuite des Khmers rouges de Phnom Penh. La voix enregistrée me propose de me retourner pour découvrir le bâtiment A, où se déroulaient une partie des interrogatoires et des tortures.

La façade est grise. Peinture écaillée. Aucune restauration n'est envisagée. Le lycée est laissé en l'état pour donner l'idée la plus exacte possible de l'endroit que découvraient les futures victimes.

Je m'avance et je pose ma paume sur le ciment chauffé par le soleil. Je ferme les paupières. Je me représente des gens alignés. La voix dans le casque me parle du trajet en camion. Menottes aux poignets, bandeau sur les yeux dès leur descente du véhicule. Les détenus étaient maintenus les uns aux autres par une corde, puis arrivaient les premières bastonnades.

C'est éprouvant, mais je gère mon émotion. Les autres visiteurs paraissent eux aussi bouleversés. Comme dans un lieu saint, les gens parlent doucement. Un recueillement respectueux.

Avant de pénétrer dans le bâtiment A, je fais face au règlement intérieur du camp. Il est affiché sur des plaques fixées au mur. L'une d'elles est en français. Dix commandements complètement délirants démontrant l'aberration et la schizophrénie du système.

J'en relève trois absolument ahurissants :

Point 6 : Pendant la bastonnade ou l'électrochoc, il est interdit de crier fort.

Point 9 : Si vous ne suivez pas tous les ordres ci-dessus, vous recevrez des coups de bâtons, de fils électriques et des électrochocs (vous ne pourrez pas compter les coups).

Point 10 : Si tu désobéis à chaque point de mes règlements, tu auras soit dix coups de fouet, soit cinq électrochocs.

Que devaient penser ceux qui arrivaient ici et qui lisaient ces mots ?

Au bout du chemin, la mort était inévitable.

Je pénètre dans l'édifice. Ici, chaque personne était prise en photo de face et de profil et méticuleusement enregistrée. Dans les archives abandonnées par Noun, des fiches individuelles ont été retrouvées et analysées.

Outre les photos, chaque détenu remplissait le cahier des aveux. Un extrait est traduit :

Je suis une traîtresse. Mon travail consistait à réaliser des vêtements pour les hommes Khmers rouges, mais j'avais trop de chutes de tissu et j'ai cassé trop d'aiguilles. C'était délibéré pour retarder la livraison et pour dépenser l'argent du peuple. J'ai avoué mes méfaits sous les coups qui étaient tellement forts que j'ai donné cinquante ou soixante noms. J'ai dénoncé tous ceux que je connaissais, en commençant par mes parents, mes grands-parents, mes amis... Mais comme ce n'était jamais assez, alors j'ai trahi mes enfants.

Des larmes me viennent. Et ce n'est que le début de la visite. Que vais-je découvrir dans les autres bâtiments ? Pour l'instant, je n'éprouve aucune remontée de souvenir particulier.

J'entre dans une pièce de torture dite « passive » ou « froide ». Un lit métallique sur lequel le détenu était allongé nu sur le dos, directement sur le sommier en fer. Bras et jambes écartelés fixés aux barreaux de l'armature. Des heures dans cette position. Sans eau ni nourriture. Seul avec ses pensées et sa douleur.

Au mur, des photos explicites. Les tortionnaires aimaient les souvenirs.

Je sors sans visiter les autres pièces.

Borne 6 de l'audioguide : des équipements scolaires convertis en instruments de torture. Un portique où se trouvaient des balançoires. Les sièges en bois avaient été retirés mais pas les cordes. Bras et jambes fixés aux liens. Bastonnades en règle. Les corps tournaient, les cordages s'entremêlaient. Les os craquaient.

Je fais une pause sur un banc protégé du soleil par un arbre en fleur. Les couleurs blanches et rosées détonnent avec l'ambiance lourde de ce secteur. Je respire profondément. L'odeur est agréable.

Champey… Champey, « Fleur parfumée ».

Je bondis, me recule et relève la tête. Mon rythme cardiaque s'accélère. Aucune fleur ni bourgeon dans l'arbre. À cette période, c'est l'hiver au Cambodge. Trop tôt pour une floraison. Je vacille légèrement.

Je tente de contrôler ma respiration et ferme les yeux pour me concentrer. Je suis née ici. J'en suis certaine. Champey, mon prénom, cet arbre, ces fleurs…

Je ne vais pas pouvoir visiter l'ensemble du centre. C'est au-dessus de mes forces. Et pourtant, je dois savoir. J'éteins l'audioguide et je déplie le prospectus donné à l'entrée.

Bâtiments C et D : cellules collectives et individuelles, collections d'instruments de torture et d'ossements.

Bâtiment B : compilations de photographies.

Je me dirige vers celui-là. Une partie est consacrée aux leaders de l'Organisation des Khmers rouges. Clichés de groupe. Devant une grosse limousine d'origine soviétique, plusieurs responsables prennent la pose avec de larges sourires.

Parmi eux, un visage me procure un choc. Une terreur incontrôlée. Je recule. Je suis certaine de connaître cet homme ou de l'avoir déjà vu quelque part. Je domine ma peur, je m'approche de nouveau et je lis la légende. Au centre, le chef suprême, Pol Pot, et à sa droite, l'homme qui me terrorise : Noun, le directeur du camp.

L'homme que je dois rencontrer demain.

Lors de mes recherches Internet, j'ai vu de nombreuses photos de Noun. Pourquoi ce cliché me procure-t-il maintenant une telle émotion ?

Des lignes de transpiration se forment dans mon dos. Je sors précipitamment pour reprendre ma respiration.

Le soleil est haut dans le ciel. Bouffée d'angoisse. Je ne suis pas apaisée. Je m'assieds sur un banc.

Je ferme les yeux et laisse mon esprit divaguer.

— Ce voyage au Cambodge va-t-il me rassurer ? ai-je demandé à Jacques Utreb.

— Tout dépendra de ce que vous y découvrirez. L'émergence de votre passé peut avoir de multiples conséquences. Le plus heureux pour vous serait d'obtenir les explications à vos souvenirs génétiques. Je ne suis pas certain qu'ils disparaîtront pour autant mais vous pourrez les canaliser parce que vous saurez le pourquoi et le comment.

« Mais ce voyage pourrait être une impasse. Nous nous serions complètement trompés. Vos cauchemars n'auraient rien à voir avec un transfert intergénérationnel. Nous serions alors dans l'obligation d'appréhender la problématique de façon différente. Je ne l'espère pas et, pour être franc, je n'y crois pas.

« Reste une situation intermédiaire. Vous avez vu juste : vos racines sont dans ce centre, et son directeur, Noun, est un homme clé de votre première année de vie. Rien ne sera pour autant résolu. Quelle relation existe-t-il entre S-21, son directeur, les bombardements, la vieille femme qui meurt devant vous, les files d'hommes portant de lourdes charges et le visage inconnu aperçu dans votre miroir ?

Je suis perdue. J'aimerais, là, tout de suite, disposer d'un signe, d'un souvenir m'indiquant la voie à prendre. Mais il ne peut pas surgir d'un simple claquement de doigts. Me concentrer. M'obliger à me relever. Affronter les images, les reliques exposées dans les autres bâtiments.

Un indice, une nouvelle odeur, un détail vont peut-être débloquer ma mémoire.

J'ai déjà ressenti un bouleversement face au portrait de Noun, mais ce n'est pas suffisant.

Je retourne dans le bloc B. La première salle était consacrée aux Khmers rouges. Je vais dans la deuxième. Sur d'immenses panneaux, une série de photos d'hommes. Certaines sont terribles. L'avant et l'après. Une comparaison entre des clichés pris à leur arrivée et à la fin de leur détention, juste avant leur exécution.

La perversion des matons khmers a été sans limite. Parfois, le visage est méconnaissable. Les yeux vides de vie reflètent les souffrances subies.

Je suis cambodgienne de sang et j'éprouve à ce moment de la colère. Comment mon peuple a-t-il pu supporter de telles épreuves ? Deux millions de morts ! Pour quelle idéologie ? Je ne découvre nulle part le début d'une révolte. Personne dans le pays n'a pu contrecarrer cette folie. Il est vrai que les Khmers rouges ont commencé leur génocide par l'extermination systématique des intellectuels. En quelques semaines, ils ont inhibé toute forme d'opposition structurée.

À travers mes lectures et mes recherches, j'ai mesuré la haine éprouvée par les Cambodgiens vis-à-vis du Vietnam, souvent tenté par une politique d'hégémonie envers l'Empire khmer. Mais sans l'intervention des Vietnamiens vers la fin des années soixante-dix, que serait devenu mon pays ? Trois, quatre millions d'assassinats supplémentaires perpétrés par la folie de Pol Pot et de ses acolytes ? Autodestruction programmée d'un peuple. Un cancer incontrôlable.

J'entre dans la troisième salle de ce bâtiment, celle réservée aux femmes. Elles aussi ont été torturées et ont subi des atrocités supplémentaires dues à leur sexe. Viols et mutilations.

D'après mes lectures, certaines ont même été témoin du viol de leurs propres enfants. Obligées de regarder sans crier – point 6 du règlement intérieur –, avant d'assister à leur exécution.

Je passe délicatement mes doigts sur les photos. Ces femmes sont tétanisées. Une peur perceptible dans leurs yeux.

Au fond de la pièce, un dernier panneau, plus petit. Des portraits de mères portant leur jeune enfant, leur bébé dans les bras.

Violent coup dans la poitrine. Face à moi, le reflet de mon miroir. Je pose la paume sur son visage. Mon esprit se brouille. Voile noir. Avant de perdre connaissance, une dernière image. Le bébé.

Je suis ce bébé.

22

La vieille femme me caresse les cheveux et me murmure des mots rassurants : *Ça va aller, ma chérie. Respire profondément. Tu es en vie, Sivatha.*

Ce n'est pas mon nom.

Je crie le mien : *Champey !*

On me parle en cambodgien.

Je ne comprends pas.

J'ouvre les yeux. La lumière est faible mais peu à peu ma vue s'adapte.

Je réponds en anglais.

— Où suis-je ?

Un homme en bleu de travail me sourit.

— Dans une remise du musée, me dit-il en anglais. Des touristes nous ont appelés. Vous vous êtes évanouie dans la salle des photos. Ça arrive parfois. Il peut être difficile de regarder les clichés, d'imaginer les tortures. Voulez-vous une ambulance ?

— Non, merci. Je vais me lever.

Cinq bonnes minutes avant d'y arriver.

L'ouvrier me tend une bouteille d'eau.

— Voulez-vous quelque chose à manger ?

Je fais non de la tête. Toujours nauséeuse, j'ai besoin d'air et d'un peu de temps.

Je sors lentement et me mets à l'ombre sur un banc.

Je respire calmement.

Peut-être devrais-je contacter Jacques Utreb ? À cette heure, je vais le réveiller. Le choc émotionnel a été brutal, il avait raison, mais je n'ai pas « fermé tous les fichiers » comme il disait. Je tiens le coup. Et puis, que peut-il faire, d'aussi loin ? Et comment lui raconter ? Je n'ai pas envie de lui expliquer au téléphone ce que je viens de vivre.

Que me dira-t-il ? De me rendre à l'hôpital pour des examens ? Les services médicaux du Cambodge n'ont pas bonne réputation. Je dois me débrouiller seule. Je ne me suis pas blessée en m'évanouissant.

Ou il me demandera d'être prudente et de rentrer en France. Mais pas question de rater ma rencontre avec Noun. Je pense qu'il est la clé de mes cauchemars.

Je me sens attirée vers la salle aux photos. Je dois m'y confronter. Je suis certaine que je peux y découvrir d'autres émotions. Je ne vais pas tomber une seconde fois. Je suis préparée maintenant. Il n'y aura pas de nouvelle secousse. Je m'en persuade.

J'entre de nouveau dans le bâtiment et me dirige prudemment vers les derniers panneaux. Mes mains tremblent. La peur. Ne pas y céder.

Je reprends mes exercices de respiration.

J'observe la photo de loin. Je suis toujours sur mes pieds. Lentement, je m'approche. Le visage de cette femme est celui que j'ai aperçu dans le miroir de ma salle de bains. Aucun doute. Je fais quelques pas dans sa direction. Comment ai-je pu savoir que je suis le bébé qu'elle tient dans ses bras ? Je suis maintenant suffisamment proche pour lire la légende :

Sivatha, détenue, serrant contre elle son bébé né au camp S-21.

Ma mère.

Mes jambes sont faibles, mais je réussis à prendre plusieurs clichés avec mon téléphone. Je sors, puis je m'effondre sur le banc. Résister. Brusquement, je pense à Mau et à son obsession de se plonger dans son album photo. Je suis en train de fabriquer le mien.

Ce visage sera gravé dans ma mémoire pour le reste de mon existence.

Noun photographiait les détenus à leur entrée au camp puis après plusieurs jours ou semaines de détention, de torture. Elle avait été une belle femme mais la seconde photo révèle toutes les douleurs qu'elle a dû supporter. Son regard montre sa résignation. Quand ce cliché a-t-il été pris ? Se savait-elle condamnée ?

Mon rendez-vous avec Noun m'apportera peut-être les réponses à ces questions. Je l'espère.

Impossible d'aller plus loin dans la visite. Je suis épuisée.

Je quitte S-21 et prends un tuk-tuk pour rentrer à l'hôtel.

Je me fais couler un bain. Je reste dans la baignoire de longues minutes les yeux clos.

Assise sur le rebord du lit, je fais défiler les photos prises avec mon téléphone. J'ai devant moi des morceaux de puzzle. Bien agencés, ils me donneront une image ou plutôt le film d'une partie de mon passé.

La pièce manquante, la clé de voûte, c'est Noun qui me la révélera. Je le souhaite de tout mon cœur. Si cette rencontre est un échec, je ne donne pas cher de ma santé mentale. Jacques Utreb devra être particulièrement brillant et attentionné pour m'éviter de sombrer dans le gouffre devant lequel je suis en équilibre.

Je passe le reste de la journée à déambuler dans la ville. Aucun but précis. Je me laisse happer par les bruits, les mouvements incessants des véhicules et des gens.

Je longe le Mékong. Des bateaux en bois ressemblant à des galions espagnols transportent des touristes d'une rive à l'autre ou remontent le fleuve pour une visite guidée des berges. Des gamins se baignent. L'eau ne paraît pas propre mais cela ne semble pas les déranger.

Plus loin, je découvre un petit temple bouddhique. Un fleuriste vend des bouquets de lotus. Les fidèles entrent dans le lieu sacré après avoir ôté leurs chaussures. Dos courbé, ils déposent leur offrande fleurie à la statue du Bouddha assis présentée sur une stèle. Ils glissent quelques billets dans les interstices du socle. Dans ce pays, les moines bouddhistes possèdent une aura importante et sont très respectés. Les gens s'écartent à leur passage, leur cèdent leur place dans les transports en commun et leur offrent argent et denrées alimentaires. La communauté des moines vit d'aumônes. Ces pratiques sont évidemment respectables mais elles ne correspondent pas à mes valeurs. Pas envie de m'appesantir sur cette croyance. Je suis une Occidentale athée. Je vois toutes ces choses comme du folklore. Peut-être ai-je tort ? J'ai le sentiment que plus le pays est pauvre, plus le nombre de pratiquants est important. La croyance en une vie après la mort, la recherche d'une forme d'immortalité, d'un monde meilleur dans l'au-delà leur apporte la vitalité nécessaire pour surmonter les difficultés de leur passage sur terre.

Je finis au *Kabbas* et teste un autre *amok trei*, tout aussi délicieux.

De retour dans ma chambre, je redoute de m'endormir. Alors je fais un choix. Ne pas lutter. Au contraire.

Je vais expérimenter une technique proposée par Jacques Utreb.

— Plutôt que de résister à vos cauchemars et de les laisser vous dominer, vous envahir, donnez-leur une direction, m'a-t-il suggéré. Ça ne fonctionne pas à tous les coups, mais tentez-le quand même. Dans le principe, c'est très simple. Quand vous sentez que vous allez plonger dans le sommeil, focalisez-vous sur une idée, une image, une sensation. Je vous ai déjà dit que le subconscient prend le dessus sur le conscient lorsque vous baissez la garde en période de sommeil. Forcez-le à aller sur le chemin que vous avez choisi. Évidemment, vous n'aurez aucune maîtrise de ce qu'il va vous renvoyer ni vous faire vivre, mais au moins vous lui aurez imposé le sujet.

On n'a jamais conscience de l'ultime fraction de seconde où l'on sombre dans le sommeil. Cela peut paraître ridicule mais Jacques Utreb pense que l'endormissement et le basculement de vie à trépas sont identiques. Oui, mais la grosse différence, c'est que je sais que je me suis endormie parce que je me réveille le matin.

— Vous me dites qu'il n'y a pas de distinction entre mourir et s'endormir ?

— Personne ne se souvient précisément du passage dans le sommeil. Je crois pour ma part que le mécanisme est le même pour l'endormissement et pour la mort, même si on ne le saura jamais. Les photos ou les vidéos du visage de personnes qui s'endorment montrent que les traits, les muscles se détendent. Comme lors du dernier souffle.

Je décide de ne pas prendre de somnifères. Je verrai en cours de nuit si j'en ai besoin.

Je m'allonge sur le dos et me laisse sombrer peu à peu. Je me focalise sur l'image de la vieille femme, personnage récurrent de mes cauchemars. Parfois, je la vois morte, défigurée par les bombardements, parfois elle est attentionnée, me caresse les cheveux, me murmure des mots réconfortants. Je choisis la bienveillance. Plus d'images. Un trou noir. Non... Pas un gouffre, juste un écran fixe sans reflet. Une voix.

Sivatha. Je suis là. N'aie pas peur.

Un point clair au centre. Il s'agrandit. Une forme se dessine. Un visage. Il est flou puis s'étend et se stabilise. Juste les contours avec le noir profond autour.

Une autre voix :

— *Maman... Maman, j'ai peur.*

— *Je serai toujours à tes côtés, quoi qu'il arrive.*

Puis des sons lourds approchent. Son visage se transforme au rythme des explosions. Sa peau s'écoule sur sa figure et avec elle, un liquide rouge. Rouge sang.

Je suis désolée, ma petite fille, ma belle Sivatha. J'ai manqué à ma promesse. Je t'aime.

Je me réveille en sursaut.

À demi consciente, je saisis mon bloc-notes et gribouille quelques mots. Pour me souvenir de ce cauchemar : la vieille femme, ma grand-mère, morte sous les bombardements américains... Sivatha, ma mère, orpheline...

23

J'ai fini ma nuit assommée par les somnifères. Un sommeil forcé et superficiel. Je suis fatiguée lorsque je me prépare pour mon face-à-face avec Noun. Cette journée sera marquée d'une pierre blanche. Le chaînon manquant. Je suis convaincue que cet homme est la clé du début de mon existence.

Robert Le Gall m'a dit que le chef du centre de détention et de torture S-21 m'avait sauvé la vie. Pourquoi ?

Je vais être face à l'un des plus grands génocidaires du XXe siècle. Suis-je prête à entendre la vérité ?

La maison d'arrêt Prey Sar est dans un quartier excentré de la ville. Je commande un vrai taxi à l'hôtel. Une voiture où les bruits et la pollution seront atténués. J'ai besoin d'isolement et de concentration pour me préparer à cette visite.

Je vérifie encore une fois les documents nécessaires pour entrer dans ce centre pénitentiaire réputé pour être l'un des pires du Cambodge. Bien que je sois opposée au principe de la corruption, je range dans différentes poches des liasses de dollars en billets neufs. La monnaie locale, le riel, est constituée de coupures usagées et souvent sales. Les dollars, eux, doivent être propres et de première main. J'ai compris immédiatement que le riel ne vaut rien et qu'il est utilisé pour les échanges entre pauvres. Le dollar est la devise exotique par excellence. Un signe extérieur de richesse. Je ne peux m'empêcher de penser qu'un pays qui n'a pas confiance dans sa monnaie n'a pas beaucoup d'avenir.

Mon taxi se gare. Le chauffeur me demande s'il doit m'attendre. J'acquiesce, même si ma visite risque d'être assez longue. Je lui assure une bonne course.

Une grille aux couleurs vives sépare le chemin d'accès à la prison et la route en terre battue. D'un côté la liberté et de l'autre l'emprisonnement.

Au loin, je distingue les premiers miradors. De puissants spots délimitent le chemin. Ici, même la nuit, il fait jour.

Je vais devoir passer différents checkpoints, portiques et fouilles.

J'avance vers la grille. Mon cœur s'emballe alors que je suis toujours hors de l'enceinte.

Au moment où je vais m'adresser au planton, je sens mon téléphone vibrer dans ma poche. C'est la première fois depuis mon arrivée au Cambodge. J'hésite à décrocher. Ce n'est vraiment pas le moment.

Pourquoi cet appel ? Je me décale de l'entrée et sors mon appareil.

Je reconnais tout de suite le numéro. Celui de ma mère. Angoisse.

Je décroche.

— Champey !…

Ma mère semble effondrée. Elle pleure.

— Maman ! S'il te plaît, calme-toi ! Qu'y a-t-il ?

Sanglots.

Je crie dans le téléphone.

— Maman ! Je ne comprends rien !

— Terrible… Pardonne-moi…

— Quoi ?

Un vent de panique me saisit.

— Champey… Mau…

— Quoi, Mau ? Maman ! Que se passe-t-il ?

— Mau… Elle a disparu…

24

Brest

Un jeu d'enfant et beaucoup de chance. Faut en avoir pour ce genre d'opération. Et un peu de jugeote. Champey Le Roy amenait sa fille à l'école et revenait la chercher à la garderie à pied. À part une agression physique, peu de solutions pour enlever la gamine en douceur.

Quand Mau était avec la grand-mère, la distance entre l'école et son domicile était plus importante. Une voiture était nécessaire. Contrairement à la mère, la vieille ne laissait pas la gamine à la garderie. Elle se garait sur l'une des rares places disponibles devant l'école et attendait que Mau sorte en même temps que les autres enfants. L'institutrice de surveillance le savait et laissait donc partir Mau dans le flux des élèves.

Wendel eut une idée qu'il trouva géniale : empêcher la grand-mère d'être à l'heure.

Facile.

Quelques minutes avant qu'elle prenne sa Peugeot, il avait sorti l'Opinel qu'il portait toujours à sa ceinture et entaillé le pneu avant droit. Même si elle savait changer une roue, ce qui l'aurait étonné, elle ne pourrait pas être à l'heure pour la sortie des classes. Pareil si elle décidait d'y aller à pied.

Il se trouva ingénieux sur ce coup-là. Il y avait cependant un risque. La vieille pouvait appeler l'école pour annoncer son retard. Dans ce cas, la gamine irait en garderie et il lui faudrait trouver un nouveau stratagème.

Restait à faire monter la gamine dans sa Captur sans qu'elle se doute de quoi que ce soit. Là, c'est Kerlat qui lui donna l'idée… Enfin, qui lui apporta les mots et les phrases à dire exactement. Pour mettre en confiance sa fille, il fallait être précis et rigoureux. Wendel avait méticuleusement tout noté.

Il se gara à l'endroit où la grand-mère le faisait habituellement. Avec bonheur, il vit Mau se diriger instinctivement vers cet endroit. Elle hésita lorsqu'elle découvrit un véhicule différent de celui de sa grand-mère. Wendel sortit tout sourire et fit un signe à la gamine.

— Mau ! Je suis Alain, un vieil ami de ta grand-mère et de ta mère Champey.

En donnant son prénom et celui de sa mère, il pensait la mettre en confiance.

— Ta grand-mère a eu un problème de voiture. La roue avant de sa Peugeot est crevée.

De la même façon, en citant la marque, il montrait qu'il était un proche de la famille. Mais Mau se méfiait.

— Je ne vous connais pas. Jamais vu avant. Ma maman m'a toujours dit de ne pas parler avec un inconnu et surtout de ne pas monter avec lui.

— Elle a raison. Mais pour te montrer que je suis un ami, ta grand-mère m'a dit de te préciser qu'elle t'attendait pour faire des crêpes. Il paraît que tu connais la recette secrète.

Kerlat avait tout particulièrement insisté sur ce point. Cette recette se transmettait de génération en génération de manière orale.

Mau sourit. Wendel abaissa sa dernière carte.

— Je te promets que je resterai dans le salon quand vous ferez la pâte. Un secret de famille. Même un ami comme moi ne doit jamais le connaître.

Cette dernière phrase eut raison des réticences de Mau et elle monta dans la voiture.

25

Cambodge/Brest

Ma confrontation avec Noun attendra. Il est enfermé pour de nombreuses années. Pas de danger qu'il s'échappe. La disparition de ma fille a mis au second plan la recherche de mes origines.

En panique, je me précipite à l'hôtel, tout aussi hystérique que ma mère. Je suis à des milliers de kilomètres d'elles. Je suis perdue. Pourquoi ai-je voulu aller si vite au Cambodge ? Je n'ai pensé qu'à moi. Ma fille est en danger.

Je prends le premier avion pour Bangkok puis pour Paris. Le temps n'est pas mon allié. Des heures dans les airs sans aucun contact avec quiconque. Je ne peux pas interagir. Coupée du monde, j'échafaude les plans les plus terribles et cela entretient ma panique.

Juste avant d'embarquer, un officier de police judiciaire chargé de l'affaire me contacte sur mon portable.

— On fait tout ce qui est en notre pouvoir pour retrouver votre fille, madame. Ne vous inquiétez pas.

J'explose.

— Ne pas m'inquiéter ? Vous savez qui est son père ?

— Il est en prison. En cellule d'isolement. Vous vous doutez bien que c'est la première piste à laquelle nous avons pensé. Je vous rassure : il y est toujours.

— Évidemment ! Physiquement, il n'a pas pu enlever Mau. Mais il a juré lors de son procès qu'il se vengerait.

— Oui, madame. Nous le savons aussi. Mais il a parlé d'une vengeance vis-à-vis de vous.

— Et comment peut-il le faire si ce n'est en s'attaquant à ce que j'ai de plus cher au monde : ma fille.

— C'est la sienne aussi.

— Alors, relisez bien son dossier. Recomptez le nombre d'enfants qu'il a enlevés, violés et tués.

— Ces enfants n'étaient pas les siens.

— Vous êtes à cent mille lieues de connaître cet homme. J'ai vécu avec lui des années sans me rendre compte de rien. C'est le pire prédateur que la terre ait engendré. Il est capable d'avoir commandité le rapt de sa propre fille pour m'atteindre, pour me faire payer ma dénonciation. Il est taré ! Relisez les rapports psychiatriques.

— C'est une piste que nous creusons, madame.

— Parce que vous en avez d'autres ?

— Tout est envisageable à ce stade de l'enquête, même une fugue.

— N'importe quoi ! Jamais de la vie ! C'est impossible. Je connais bien ma fille et elle a six ans. Où voulez-vous qu'elle aille ?

— S'il vous plaît, madame. Nous n'en sommes qu'au début. Admettons que Mau n'ait pas fugué, il reste la piste d'un rapt crapuleux avec demande de rançon. La somme que l'État vous a octroyée comme dédommagement des sévices moraux que vous a fait subir votre ex-mari a été divulguée par la presse. Ça a pu faire des jaloux. Argent facile.

— Après toutes ces années ? Je n'y crois absolument pas. Avez-vous reçu une demande de rançon ?

— Non, mais on doit envisager toutes les pistes. On n'exclut pas un pervers…

— Ni un pédophile.

— C'est ce que je tente de vous expliquer. Le temps est précieux. En ce moment, nous menons une enquête de voisinage. Si c'est un prédateur sexuel, il a pu préparer son coup en amont. Il a peut-être planqué devant chez vous, observé vos allées et venues. Ce genre de choses. Rentrez à Brest. D'ici là, on en saura un peu plus, et j'espère même qu'on l'aura retrouvée.

Je suis morte d'inquiétude mais surtout en colère. J'en veux à ma mère, aux institutrices de l'école, à la police. À la terre entière. Pas ma petite fille ! Non, pas ma Mau !

Il paraît que les soixante-douze premières heures sont primordiales pour la résolution d'une affaire. Trois jours. J'en perds deux pour rentrer à Brest. Je dois être présente. Je ne servirai peut-être à rien mais au moins, je serai proche de l'enquête.

Ma mère m'a dit qu'elle avait raté la sortie de l'école à cause d'un pneu crevé. Est-ce une coïncidence ? La police a demandé une analyse pour connaître la raison de cette crevaison. Un acte intentionnel ? Un accident ? Ou un geste malveillant de la part de jeunes alcoolisés ? Cela arrive couramment mais, généralement, ça se passe la nuit. Le pneu était en bon état quand elle a conduit Mau à l'école le matin.

Je n'arrive pas à trouver le sommeil dans l'avion me ramenant à Paris. Comment dormir lorsqu'on imagine les pires choses pour sa fille ?

Personne ne sait si elle a été enlevée avec violence ou bien si elle est montée de son plein gré dans une voiture. Connaissait-elle son kidnappeur ?

A priori, personne à l'école ne s'est rendu compte de quoi que ce soit. Je connais Mau. Si elle avait été agressée, elle aurait crié, hurlé et se serait débattue. Elle est sortie de l'école et, après, plus rien.

J'en conclus qu'elle a suivi son agresseur volontairement. Mais pourquoi ?

J'ai beau tourner le problème dans ma tête dans tous les sens, je reviens toujours à la même conclusion : Gilles Kerlat se venge.

Je comprends qu'il m'en veuille. Je suis celle qui l'a dénoncé. La vérité, c'est que j'ai permis à de nombreux enfants de rester en vie. Il n'aurait jamais arrêté ses viols et ses meurtres si je ne m'étais pas rendue à la gendarmerie.

Qu'il cherche à se venger parce qu'il considère que je l'ai trahi, je peux le comprendre, mais pas en s'en prenant à Mau ! Elle est aussi sa fille. Nous l'avons désirée et conçue ensemble. À cette période, je croyais en lui. Il était attentionné, aimant. Quand Mau est née, il s'est bien occupé d'elle. J'allaitais ma fille au sein et lui allait la changer dans la salle de bains avant de la remettre au lit. Impossible d'imaginer qu'il puisse fantasmer sur un corps nu de bébé. Et pourtant, la police a démontré par la suite qu'il avait déjà enlevé, séquestré, violé et tué cinq enfants à ce moment de son existence. Le plus jeune avait quatre ans. Le plus âgé huit. Des garçons.

Ensuite, il y a eu des fillettes.

Je pleure en me cachant sous la couverture fournie par l'hôtesse de l'air.

Pendant la seconde partie du vol, je me remémore le *modus operandi* de Kerlat. Une façon de me rassurer parce que le temps a une très grande importance pour lui. Pour chacun de ses crimes, les enquêteurs ont trouvé qu'entre le moment du kidnapping et celui de l'assassinat de l'enfant, il s'écoulait cinq jours au minimum. Jusqu'à huit pour le plus long. Je me persuade que Mau est toujours vivante.

Systématiquement, il recherchait une forme d'affection. Il voulait que les enfants s'attachent à lui, l'aiment. Selon lui, plus la séquestration durait, plus il devenait sympathique aux yeux de ses victimes. Cela faisait partie de sa folie. Une quête incessante d'amour filial. Les psychiatres n'ont eu aucune difficulté à comprendre ce phénomène en se plongeant dans sa propre petite enfance, où ni son père ni sa mère ne lui avaient apporté d'affection.

C'est lors du procès que j'ai appris ce qu'il avait réellement vécu et fait avant de me connaître. Jamais il ne m'avait parlé des soirées échangistes de ses parents ni de son engagement militaire.

Ces points ont été exclus du dossier. Retour à la case départ. Juridiquement, aucune justification n'a pu être avancée.

Les psys n'ont pas expliqué avec précision la ou les raisons qui l'ont conduit à tuer ses victimes. Un seul viol. Puis la mise à mort.

Seul Jacques Utreb a émis une hypothèse à peu près crédible. Gilles Kerlat se haïssait. Il voulait des enfants purs, des « anges de pureté » comme il les nommait. C'est pourquoi il passait énormément de temps à laver ses futures victimes. Plusieurs fois par jour. Puis quand le désir atteignait son paroxysme, le viol devenait inévitable. Mais cet acte était sale, laid, dégoûtant… Alors, pour éliminer ses sensations de haine vis-à-vis de lui-même, il en supprimait la source. Il ressentait alors une forme d'apaisement, jusqu'à ce que ses démons intérieurs reprennent le pouvoir et le poussent de nouveau à enlever un gosse.

Il n'avait jamais songé au suicide. Dommage, ai-je souvent pensé.

Quant au sexe de la victime ? Aucune importance pour lui. L'enfant devenait garçon ou fille au moment de la puberté. Avant, il était asexué.

Durant des heures, je cherche qui d'autre pourrait nous vouloir du mal, à Mau et à moi. Un taré dans le même genre qui désirerait copier Gilles Kerlat ou, pire, le surpasser ? Une piste que la police devra ajouter à sa liste des possibles.

Je me raccroche à ma première hypothèse : Kerlat est l'instigateur du rapt. Cela me laisse du temps.

Je suis dans cet état d'esprit lorsque j'arrive enfin à Brest. Ma mère m'attend dans le hall de l'aéroport. Elle me prend dans ses bras et fond en larmes en s'excusant de son imprudence. Je tente de la rassurer en expliquant que le kidnappeur aurait de toute façon trouvé une solution.

— Écoute-moi bien, maman. Je sens au fond de mes tripes que Mau est toujours vivante, saine et sauve. À cet instant, du moins. Quoi qu'en dise la police, je suis certaine que Gilles est le commanditaire. Évidemment, il ne l'a pas enlevée directement, mais il a trouvé un homme pour le faire à sa place. Je ne sais pas comment il a procédé du fin fond de sa cellule, mais je le crois capable de tous les coups tordus. Et celui-là dépasse tous les autres. Il a eu le temps d'y réfléchir et de construire méticuleusement son affaire.

— Si ce que tu dis est vrai, c'est dramatique.

— Oui et non. Oui, si l'on pense à la fin, mais je refuse de l'envisager. Non, si on se souvient du laps de temps entre l'enlèvement et le…

Je n'arrive pas à articuler le mot. Mais ma mère a compris.

— Je ne vais pas attendre que la police examine tous les cas de figure et les élimine les uns après les autres. On va se focaliser sur une seule et unique piste : Gilles. Voilà ce que je te propose dans un premier temps. J'ai dans mon appartement de nombreux dossiers sur lui. Les carnets que j'ai rédigés au fur et à mesure de mes soupçons, de l'instruction et du procès. J'ai aussi compilé une multitude de documents judiciaires et journalistiques. On les rouvre et on recherche tous les éléments pouvant nous être utiles pour déterminer le lieu où Mau est séquestrée. Kerlat n'a jamais modifié son mode opératoire criminel durant toutes ces années. Aucune raison qu'il change quoi que ce soit maintenant.

Je crois chaque mot que je prononce.

Dans les yeux baignés de larmes de ma mère, je distingue un éclair d'espoir.

— Je suis admirative de ta détermination. À ta place, je serais effondrée et incapable de me battre. Je ne sais pas où tu trouves cette force.

— Mau est ma fille ! Mon sang ! Un morceau de moi et je l'aime plus que tout au monde.

Je vois dans son regard que je l'ai blessée. Je tente de rattraper ma maladresse.

— Et toi, tu es la femme qui m'a élevée, ma mère, sa grand-mère, et tu vas donc te battre aussi pour ta petite-fille.

À la sortie de l'aéroport, un officier de police nous attend. Il renouvelle le discours mille fois entendu : « Tous nos hommes sont sur le coup. Aucune piste n'est négligée. Vous pouvez compter sur notre soutien. » Et patati et patata.

Je le remercie et écourte l'entrevue en lui disant que les forces de l'ordre ont toute notre confiance.

Voilà pour la bienséance.

Maintenant, il faut passer à l'action.

Dans le taxi qui nous ramène au centre de Brest, ma mère émet une hypothèse surprenante.

— Peut-être attend-il que tu demandes un parloir ? Tu pourrais le rencontrer ?

Ma réponse est cinglante.

— Jamais de la vie. Je serais capable de le tuer… Oui, le tuer.

26

Cette gamine, c'était pas un cadeau. Une chipie. Wendel ne pouvait pas lui en vouloir. Après tout, il l'avait enlevée. Normal qu'elle panique.

Aussitôt assis à l'avant, il lui demanda de mettre sa ceinture.

— Ta grand-mère a été ferme sur ce point. C'est obligatoire même si le trajet est court.

— J'y arrive pas.

— Je vais t'aider.

Il prit la boucle et l'enfonça dans le sens inverse de ce qui se fait d'habitude. Une astuce pour refermer discrètement un cadenas rendant solidaire la ceinture avec la partie fixe. Mau ne pourrait pas la détacher. Lui seul avait la clé.

Par sécurité, il cliqua sur la condamnation centralisée des portières et des vitres. Mau était prisonnière mais pas encore consciente de son enlèvement.

Il prit la direction de la maison de la grand-mère pour la rassurer. Dans sa phase de repérage, il avait trouvé un chemin amenant à une zone industrielle. Pas ou peu de passage. Juste le temps d'endormir sa victime. Quand elle allait s'apercevoir qu'il ne s'arrêtait pas au bon endroit, Mau se mettrait à hurler.

— T'as dépassé la maison de ma grand-mère.

— Zut... Je vais faire demi-tour, là, dans le chemin. Désolé.

— Tu es certain de la connaître, ma mamie ?

— Bien sûr, sinon je ne serais pas venu te chercher à l'école.

Mau commençait à s'inquiéter. Cela se voyait sur son visage mais elle n'eut pas le temps de se poser plus de questions.

Wendel recula dans le chemin et tira sur le frein à main. Il sortit de dessous son siège un sac hermétique dans lequel trempait un linge imbibé d'éther éthylique. La rapidité avec laquelle il le posa sur le visage de Mau inhiba toute amorce de résistance.

Quelques mouvements de bras sans vraiment se débattre. Effet de surprise. Il resta plusieurs secondes en appui, englobant la bouche et le nez. Il sentit peu à peu le corps de Mau se détendre.

L'odeur avait envahi l'habitacle. Il ouvrit la portière et sortit pour respirer à grandes goulées l'air frais. Il ne devait pas s'endormir à son tour. Ce produit était à manier avec précaution. Sans compter les terribles maux de tête qu'il occasionnait.

En obtenir ne présentait aucune difficulté. On en trouvait pour moins de cinq euros sur Internet. Dans sa jeunesse, ce produit servait à endormir les chatons avant de les tuer en les projetant contre un mur en béton. Pas de sentimentalisme dans sa famille. Puis les corps étaient jetés sur le tas de fumier.

La dose avait été calculée au hasard. Il en mit plus que pour les chats. Wendel vérifia que Mau respirait toujours. Il entra les coordonnées GPS de sa nouvelle destination puis démarra et quitta Brest par le plus court chemin. Une heure trente de trajet. Même si Mau se réveillait et se mettait à crier, personne ne l'entendrait.

Qui pouvait bien vivre dans ce coin paumé ? Dans l'est de la France, ce n'étaient pas les endroits isolés qui manquaient mais, là !... Wendel avait la sensation d'être sur une autre planète. Jusqu'alors, il n'avait jamais entendu parler des monts d'Arrée. La brochure indiquait « un massif montagneux ancien culminant à trois cent quatre-vingt-cinq mètres ». Pas de quoi faire du ski en hiver. Le nombre d'habitants au kilomètre carré le plus faible de Bretagne. Un lieu où il y avait davantage d'enclos paroissiaux que de résidences de vacances. *OK, certainement exagéré*, pensa-t-il.

Mau se réveilla plus tôt que prévu. Un râle puis des haut-le-cœur et, pour finir, elle vomit brusquement.

— Merde, c'est pas vrai ! Tu fais chier !

Suivirent des pleurs.

— Mal à la tête.

Wendel se mit en colère.

— Je m'en fous ! C'est dégueulasse.

Il s'arrêta sur le bord de la route et déverrouilla les portières. Il sortit, récupéra quelques produits dans le coffre et ouvrit du côté de Mau.

— Veux descendre.

— Je te conseille de la fermer parce que, là... Ça fait chier. Ça pue. Et l'odeur est plus tenace que celle de l'éther.

Il nettoya comme il put les renvois sur le tapis de sol.

— J'aurai plus qu'à les changer. Saloperie !

L'odeur de vomi était écœurante, mais il redémarra en laissant les quatre fenêtres ouvertes.

— J'ai froid, murmura Mau, toujours étourdie.

— C'est de ta faute. Alors maintenant, si tu ne veux pas que je te remette une dose d'éther, tu la fermes !

— Mal à la tête.

— Comment faut-il te le dire ! Tu te tais !

Il lui montra le sac plastique.

— Tu l'ouvres encore une fois et je te mets la tête dedans direct. OK ?

Mau ne réagit pas.

— On est bientôt arrivés. Tu pourras te changer et prendre un bain.

— J'ai pas de rechange.

— Tout est prévu. J'ai ce qu'il faut dans le coffre.

— T'es qui ?

Wendel leva le sac. Mau se renfrogna et se tut.

La voix synthétique du GPS indiqua de tourner à droite. Un chemin quasi invisible de la route à cause des genêts. Un sentier de moutonniers. Des moutons venaient-ils ici ? Pour lui, la Bretagne était un pays de vaches. Les broussailles éraflèrent la carrosserie des deux côtés. Wendel lâcha de nouveaux jurons.

Mau se tenait la tête à deux mains. Elle n'était pas totalement lucide.

— T'es pas poli… Tu m'as enlevée ? C'est ça ?

— Dis donc, t'es sacrément perspicace.

L'anesthésiant faisait en partie effet. Elle ne paraissait pas effrayée ni combative. Wendel imaginait facilement que cela n'allait pas durer.

Après dix minutes, ils atteignirent enfin le bout du chemin. Une bergerie aux murs de pierres grises se confondait dans le paysage. Difficile de venir ici par hasard.

Il se gara et récupéra son carnet de notes où il avait méticuleusement tout écrit. Sa mémoire n'était pas mauvaise mais Gilles Kerlat avait été formel : « Tu suis à la lettre tout ce que je vais te dire. Dans les moindres détails. Je veux aussi des images et des vidéos. »

Cela nécessitait un peu de préparation à l'intérieur de la bergerie. La gamine devait se tenir tranquille. Il n'eut pas le temps d'avancer dans la lecture des consignes car Mau se mit à hurler.

— Au secours ! À l'aide ! J'ai été enlevée !

Wendel se retourna vers elle.

— Tu pourras toujours crier, personne ne t'entendra d'ici. Pourquoi est-on dans un coin aussi paumé à ton avis ?

— Au secours ! À l'aide !

Wendel sortit de la voiture, ferma les vitres, verrouilla les portes et fit le tour de la bergerie. Mau criait aussi fort qu'elle le pouvait.

Via le Darknet, Kerlat lui avait fourni un plan détaillé de la maison. Il vérifia l'appentis accolé au bâtiment principal. La résidence de Mau. La lumière se commandait de l'extérieur. Aménager en premier cette pièce.

Kerlat l'avait appelée la « salle d'attendrissement ». En dehors des séances particulières qu'il avait prévues pour sa fille, elle devait y rester un maximum de temps. Une seule porte d'accès et une fenêtre de petite dimension.

Mau hurlait toujours. Impossible de retirer sa ceinture. Elle donnait des coups de pied dans le dessous du tableau de bord et des coups de poing dans la vitre. Elle allait rapidement s'épuiser. La voiture ne risquait pas grand-chose. Il lui était impossible de sortir.

Wendel prit le temps nécessaire pour installer la chambre particulière de son invitée. Il vérifia qu'aucun objet ne traînait dans la remise. Il déplaça à l'extérieur les instruments de jardinage. Un coup de pioche ou de râteau était vite arrivé. Il trouva une boîte à outils, qu'il mit aussi dehors. La pièce était complètement vide lorsqu'il y déposa un matelas à même le sol en terre battue et deux couettes. Les nuits étaient froides et humides. Idéal pour qu'elle apprécie les bains qui suivraient. Il mit un seau pour ses besoins naturels.

En sortant de l'appentis transformé en chambre spartiate, il vit sa voiture bouger sur ses suspensions. La gamine était déchaînée.

Ça allait être sportif de la sortir et de la traîner jusqu'ici.

Il s'avança le sourire aux lèvres.

Il déverrouilla la porte à distance et ouvrit la portière conducteur. Les cris n'avaient pas baissé d'intensité.

— Tu vas finir par te calmer parce que tu n'auras pas le choix. J'ai reçu des consignes très claires, et compte sur moi pour les appliquer à la lettre. C'est moi qui t'ai enlevée mais je n'en suis pas l'instigateur. J'ai comme premières consignes de te dire qui te veut du mal.

— M'en fous ! Au secours ! À l'aide !

— Tu as tort. Cet homme t'aime beaucoup. À une époque, il a aussi adoré ta maman.

— N'importe quoi !... Au secours ! À l'aide !

— OK. Je dirai donc à ton père que tu es une méchante fille.

Mau cessa ses hurlements et resta quelques secondes sans voix.

— Oui, Mau. Tu m'as bien entendu. Je parle de ton père.

— Il est mort.

— Non. Je ne sais pas qui t'a mis ça dans la tête mais ton père est bien vivant. Je peux te l'assurer. D'ailleurs, j'ai une vidéo dans mon ordinateur. Un selfie pour te souhaiter la bienvenue.

— Mon père est mort quand j'avais un an… Au secours ! À l'aide !

27

Centrafrique. Grande pauvreté. Sous l'égide de l'ONU, le bataillon de Gilles Kerlat avait été déployé dans une partie du pays en proie aux violences entre rebelles musulmans, la Séléka, et les miliciens chrétiens, les anti-balaka. Il s'était porté volontaire pour intégrer ce groupe militaire. Une façon de vivre autre chose, dans un autre pays.

Les soldats étaient formés pour combattre ou se défendre face à l'ennemi. S'entraîner en France avait ses limites. Kerlat les avait atteintes rapidement. Il avait besoin d'action.

Leur mission avait un triple objectif : instaurer un minimum de sécurité, protéger l'acheminement de l'aide humanitaire et enfin permettre une intervention dans le but de mettre en place un processus démocratique.

Pourquoi pas ?

Il leur fallut d'abord désarmer les groupes armés. Une force de guerre au service de la paix. Gilles Kerlat n'eut aucun besoin de tirer. Pas une seule balle. Les hommes face à lui étaient à la limite de l'épuisement. Faméliques, tenant à peine debout, ils déposèrent leurs armes aux pieds de militaires parfaitement équipés et bien nourris. Dans leurs yeux se lisait un profond soulagement. Puis ils furent remis aux autorités de la Centrafrique. Seraient-ils jugés ? De quelle façon ? Vengeance institutionnelle ? Ce n'était pas du ressort de la France.

Restaient évidemment les groupuscules extrémistes cachés quelque part dans cet immense territoire. Les Français n'allaient pas prendre de risques pour éradiquer ces nids de vipères. Les troupes locales, moins bien formées et équipées, étaient chargées de cette besogne. Fallait-il se mettre en danger pour sauver quelques personnes qui, de toute façon, allaient mourir de faim ou de maladie ?

Bientôt, il quitta le théâtre des opérations pour se recentrer sur l'aide alimentaire délivrée aux populations locales. Bien protégé derrière les murs de la caserne proche de Bangui, il ne vivait pas l'action qu'il était venu chercher. Tâches répétitives et entraînement dans l'espace protégé du campement. De nouveau, l'ennui.

Peu d'hommes osaient tendre la main pour obtenir un sac de riz, de farine et de l'eau potable. C'était le travail des femmes mais surtout des enfants.

Les petits n'avaient pas la force de porter les sacs ni les jerricans mais, après la distribution réglementaire, ils revenaient souvent à la tombée de la nuit pour réclamer des rations aux militaires.

Il y avait un prix à payer.

Un rapport sexuel contre une ration. Piètre échange.

Les premiers viols de Kerlat. En toute impunité, pensait-il.

Les gosses étaient tétanisés. Normal. Mais la faim faisait tout accepter. Pas de révolte de leur part. Pas de consentement non plus.

Gilles Kerlat n'était pas le seul soldat à monnayer ses services. Six militaires pour une quinzaine d'enfants abusés.

Au bout d'un an, la presse britannique dénonça ces actes et l'ONU n'eut pas d'autre choix que de mener une enquête. Elle n'avait pas vraiment envie de plonger les mains dans cette fosse nauséabonde. Mais l'image de l'ONU et de la France était écornée. À regret et sans réelle conviction, l'ONU entreprit les démarches nécessaires.

Mais quel poids avait la parole d'enfants noirs de Centrafrique face à des soldats entraînés à sauver des vies, des Français, des soldats aguerris venus du pays des droits de l'homme ?

Le parquet de Paris fut saisi à son tour par le ministère de la Défense. Les enfants furent auditionnés et les téléphones des militaires incriminés mis sur écoute.

Rien de concluant.

Rapidement, Gilles Kerlat et ses collègues rentrèrent en France. Leur hiérarchie leur conseilla vivement de démissionner. Ce que fit Gilles Kerlat sans rechigner. Il était passé entre les mailles du filet. Son enfance tumultueuse avait fabriqué un terreau noir et fertile aux déviances. Cette terre venait de recevoir des graines qui ne demandaient qu'à pousser.

Après que la justice française eut ordonné un non-lieu pour charges insuffisantes, Gilles Kerlat fit valoir son expérience dans le domaine de la gestion et de la logistique et n'eut pas de difficulté à être recruté comme magasinier contractuel au sein d'une cité scolaire à dominante professionnelle et technologique.

Aucune mention particulière n'avait été inscrite dans son dossier militaire et judiciaire. L'oubli était un principe de la Grande Muette.

Le mal pouvait enfin se développer.

28

Quand Wendel sortit Mau de la voiture, elle se débattit de toutes ses forces. Elle faillit lui échapper à plusieurs reprises mais elle n'était pas de taille face à son kidnappeur. Il la jeta littéralement sur le matelas de l'appentis.

— Tu fais vraiment chier ! Sale gosse !

— Au secours ! À l'aide !

— Crie si tu veux. Personne ne t'entendra. Alors tu peux t'épuiser à hurler pour rien. Quand tu te seras calmée, tu auras droit à de l'eau. Tu ne te rends pas compte de la chance que tu as. Si ça ne tenait qu'à moi, tu serais déjà dans un piteux état, mais je dois suivre les consignes strictes de ton père.

— Il est mort, j't'ai dit !

Sans rien ajouter, il referma la porte. Trois attaches métalliques se rabattaient sur des crochets fixés dans le montant. Trois cadenas rendaient son ouverture inviolable. Wendel posa celui du milieu. Pas besoin d'installer les deux autres, lui avait dit Kerlat. De toute façon, la gamine n'avait pas la force pour en défoncer un seul.

Le noir fut total lorsqu'il abaissa l'interrupteur extérieur.

Mau continua à crier puis elle sembla se résigner. Effectivement, ses appels au secours ne servaient à rien.

Quelques minutes plus tard, Wendel lui apporta comme promis de l'eau. Elle trouva à tâtons la bouteille. L'éther ne lui avait pas seulement donné de terribles maux de tête mais aussi une immense soif. Elle la vida d'un trait.

Elle s'allongea sur le matelas et s'enroula habillée dans une des couettes. Elle sentait le vomi. Malgré l'odeur désagréable, elle préférait cela à un bain forcé. Sa mère lui avait souvent répété qu'à partir du jour où elle était capable de se laver seule, personne d'autre ne pourrait la toucher. Deux ans au moins qu'elle n'avait plus besoin de sa mère ni de sa grand-mère. Champey lui demandait régulièrement si elle s'était bien nettoyé toutes les parties du corps. *Comme les dents*, pensa Mau. Pas ce soir.

Elle n'avait rien avalé depuis le déjeuner à la cantine et la faim commençait à se faire sentir. Son kidnappeur allait probablement lui apporter à manger. Mau ne savait pas pourquoi elle était enfermée dans cette remise au milieu de nulle part, mais elle se dit qu'elle n'allait pas mourir de faim.

Et puis pourquoi cet homme lui avait-il parlé de son père ? Il était décédé quand elle avait un an. Sa mère le lui avait dit et puis, elle avait son album photo avec de nombreuses images de lui. Sa mère et sa grand-mère ne pouvaient pas lui mentir. Son kidnappeur, oui. *Alors, ma maman viendra me sauver. Elle est la plus forte des mamans*, pensa-t-elle.

Que pouvait-il se passer dans la tête d'une gamine de six ans qui venait de subir un enlèvement ? La peur se transformerait en terreur à mesure que le temps s'écoulait. La nuit froide et humide apporterait son lot de monstres.

Wendel occupa une bonne partie de la soirée à aménager la bergerie. Dans un premier temps, le plus important était la salle de bains. Le lieu de purification, selon Kerlat. Mau était sa fille mais elle devait être assainie des cinq années passées au contact de sa mère… « Cette salope de femme, avait-il précisé à Wendel. Elle aussi payera. »

Il vérifia le fonctionnement du chauffe-eau électrique et du radiateur mural. La nuit entière serait nécessaire pour obtenir les bonnes températures du bain et de la pièce.

Il sortit son carnet de notes afin de ne rien oublier. À l'aide de son téléphone portable, il filma l'intérieur de la bergerie et principalement le lit et la salle d'eau.

Le lendemain matin, il filmerait aussi l'appentis.

Mais surtout la première toilette. Il fit quelques essais de prises de vues pour installer au mieux le support fixe sur lequel il poserait le téléphone.

Pour l'instant, il était impossible de communiquer en direct avec Kerlat. Du fond de sa cellule, la liaison avec le réseau informatique avait des limites.

Les films lui seraient envoyés sur un *cloud* caché dans le Darknet. Kerlat aurait le loisir de les visionner *via* sa clé 4G.

Quand enfin Wendel estima que la scène était prête, il s'allongea sur son lit, dans la pièce principale. La température avait un peu augmenté.

Difficile de trouver le sommeil. Un mélange d'excitation et d'appréhension.

Il allait assouvir l'un de ses plus vieux fantasmes, mais dans un cadre strict. La somme d'argent était suffisamment conséquente pour accepter de faire ce qu'il s'était engagé à faire. La difficulté était d'être prêt au moment où Kerlat lui donnerait l'ordre décisif. Le premier bain de Mau serait un test. Il allait ressentir des envies qu'il devrait impérativement refouler. Pas simple. Maîtriser ses pulsions serait un sacré défi.

Il avait un deuxième motif d'angoisse. Il se remémora les étapes de la journée en espérant n'avoir commis aucune erreur. La police était évidemment chargée de l'enquête sur la disparition de la gamine. Malgré les précautions prises, les moyens humains et techniques des forces de l'ordre n'étaient pas à négliger. Il avait kidnappé la môme du plus grand criminel actuellement en prison. Rapidement, les policiers feraient le rapprochement. Si le viol puis l'exécution de la gamine avaient été effectués dans la foulée du rapt, l'affaire aurait déjà été conclue. Mais Kerlat avait un timing bien à lui. Aucune initiative n'était permise.

Un dernier point à ne pas sous-estimer était les capacités de réaction de la mère. Cette Chinoise. Un sort particulier lui était réservé. Encore une histoire de délai.

Wendel devait intégrer de nombreuses données. Il devait se monter à la hauteur de la tâche et des attentes de son maître.

Il s'endormit après avoir vidé ce trop-plein d'émotions par une masturbation rapide mais efficace.

29

Centre pénitentiaire

Comme un lion en cage, Gilles Kerlat tournait en rond dans la cour de promenade. Sol bétonné et grillage anti-hélitreuillage à cinq mètres au-dessus de lui. Un maton armé le surveillait du haut du mirador. Il pourrait le tirer comme un lapin s'il le voulait.

Le retour dans sa cellule approchait. On le laisserait en paix durant deux heures avant le déjeuner. Largement le temps pour se connecter sur le Darknet et visionner la première vidéo envoyée par Wendel. S'il avait suivi à la lettre ses consignes, elle devait déjà être arrivée. Et s'il ne respectait pas le contrat ? Kerlat élimina mentalement ce doute sans fondement. Depuis des lustres, sa réputation avait fait le tour des réseaux interdits. Sa capacité de nuisance hors de la prison était sa carte de visite. Personne n'oserait s'opposer à lui. Encore moins ce sous-fifre… Un cafard détestable à l'intelligence limitée. Malgré sa notoriété, Kerlat n'avait pas eu un énorme choix. Il était déçu de n'avoir reçu que trois réponses. C'était peu. Il avait échangé avec chacun des candidats. Il ne devait pas se tromper dans sa sélection. Trouver la bonne personne. Évaluer leurs fantasmes, leurs facultés mentales mais aussi leur capacité à appliquer à la lettre ses consignes. Bien sûr, il suivrait de près le respect de ses instructions. Mais de sa prison, ses interventions seraient évidemment réduites.

Il ne pouvait malheureusement pas faire le difficile sur ce coup-là. Aucun des trois ne semblait être à la hauteur de ses exigences. À défaut de choisir le meilleur, il avait opté pour le moins mauvais : Alain Wendel. Un personnage insignifiant. Représentant en vins et spiritueux à la vie simple, sans aspérités. Il avait la quasi-certitude qu'il ne dévierait pas du protocole imposé. De plus, Kerlat avait rapidement compris qu'il était son idole. À travers lui, Wendel pourrait assouvir ses penchants pervers.

— Kerlat ! Retour en cellule !

Ne pas changer ses habitudes. Il rechigna en traînant les pieds.

Porte fermée, il attendit quelques minutes avant de brancher son ordinateur. Il sortit la clé 4G de sa planque – un interstice creusé dans le bas du mur, sous son lit – et l'inséra dans l'ordi. Encore différentes manips avant d'accéder enfin à son espace protégé.

La vidéo était là. Deux ou trois secondes d'hésitation afin de laisser monter l'excitation. L'attente était un élément important de son désir. Comme le regard que l'on porte à une pâtisserie dans la vitrine d'une boulangerie avant d'en franchir le seuil et de craquer.

Quelques instants, puis il cliqua.

Image et son.

La dernière fois qu'il avait vu sa fille, elle avait un an. Il ne l'aurait évidemment pas reconnue s'il l'avait croisée dans la rue. Un pincement au cœur. Elle était terriblement belle. Elle semblait avoir tiré le meilleur de ses deux parents.

La vidéo commençait par un selfie de cet abruti de Wendel.

— Bonjour, Gilles. Permettez-moi de vous appeler par votre prénom maintenant que nous sommes complices. J'ai suivi à la lettre le plan initial et l'ensemble de vos recommandations. Aucun accroc. Tout s'est déroulé comme prévu. Aucune difficulté si ce n'est le tempérament rageur de votre fille. Même après une nuit passée dans l'appentis, elle a gardé sa mauvaise humeur et hurle toujours autant. Ça peut se comprendre. Elle a un sacré caractère. En revanche, j'ai découvert qu'elle est persuadée que son père est mort dans un accident de voiture. Elle m'a même parlé d'un album photo offert par sa mère pour ses six ans et où se trouvent des portraits de son père. Je ne pense pas que ce soient des clichés de vous.

Kerlat mit sur pause. Une rage intérieure, une boule de haine se formait dans le creux de son ventre. Il se leva et fit des allers et retours dans sa cellule.

Un coup tordu de sa mère. Elle avait donc éliminé de la vie de Mau toute trace de son vrai père. Elle devrait rendre des comptes. Son jour viendrait. Lui aussi avait la possibilité de se filmer avec la caméra intégrée à son ordinateur portable. *Je ne me gênerai pas pour rectifier la vérité*, pensa-t-il.

Il se rassit et réenclencha la vidéo.

— Comme vous l'avez souhaité, j'ai filmé la remise dans laquelle votre fille dort. La deuxième séquence montre l'installation intérieure de la bergerie et les détails de la salle d'eau. Bien sûr, le meilleur est pour la fin : le premier bain de votre fille. Vous verrez, ça a été sportif. Mais, comme vous l'aviez prédit, j'ai été obligé de la menacer. Je me suis même montré très persuasif. Je n'ai pas pu filmer la façon dont j'ai amené Mau de l'appentis à la salle de bains mais je vais vous le raconter.

Nouvelle pause.

Kerlat sentait monter en lui une grande frustration. De sa cellule, il allait vivre les punitions et les tortures de sa fille. Il le savait en lançant son annonce sur le Darknet. Un compromis à trouver. Il vivrait par écran interposé les sensations recherchées. Elles ne seraient pas physiquement aussi intenses mais il espérait au moins s'en délecter psychiquement.

Il ferma les yeux quand Wendel décrivit la première scène en tout point conforme au scénario établi. À lui de se construire les bonnes images.

Wendel avait pénétré dans l'appentis en hurlant pour surprendre Mau. Il avait réussi. Elle était encore endormie ou bien elle faisait semblant, mais elle ne s'attendait certainement pas à une entrée si fracassante. Il s'était rué et s'était assis sur elle en lui bloquant bras et jambes. « Sale gamine ! Je vais te tuer ! Tu le sais, ça ! »

Elle avait été tétanisée et n'avait pas réagi lorsqu'il lui avait passé un collier de chien autour du cou. Au bout : une chaîne métallique et un anneau. Il l'avait tirée du matelas et l'avait sortie sans ménagement. Impossible de la mettre debout. Elle avait glissé sur le dos le long du chemin en gravier. Elle avait sûrement dû sentir les cailloux rouler sous elle. Certains avaient pu l'écorcher. Encore mieux pour la suite. Elle devait avoir eu la peur de sa vie. Pire, elle garderait cette terreur en elle pour le reste de sa courte existence. Chaque matin, elle serait sortie de l'appentis de cette façon. Chaque soir, elle ressentirait l'angoisse du réveil. Peut-être même qu'elle n'en dormirait pas de la nuit. Une torture particulière. Il n'était pas nécessaire de s'attaquer aux chairs pour faire mal. Il existait une multitude de supplices.

Il l'avait fait entrer dans la bergerie, l'avait redressée et l'avait entraînée jusqu'à la salle d'eau. Il avait fixé l'anneau à une attache ancrée dans le mur. Les possibilités de se déplacer étaient limitées. Un arc de cercle d'un mètre. Kerlat avait bien insisté sur ce point. Wendel avait coupé la chaîne pour respecter cette distance. Impossible pour Mau d'atteindre quoi que ce soit, une paire de ciseaux, un coupe-ongles, ou n'importe quel objet pour se défendre.

La partie suivante était filmée. Wendel avait installé son téléphone portable sur un trépied. Plan fixe.

Voix off de Wendel.

— C'est l'heure du bain.

Mau était tétanisée. Regard apeuré. Bouche ouverte, elle ne pouvait plus parler. Pourtant, les cris allaient rapidement revenir.

Wendel montra un long couteau et un cutter à la caméra.

— Lequel préfères-tu ?

La terreur se lisait dans ses yeux. Comment répondre à cette question ?

— OK. Je choisis pour toi. Le cutter ira bien pour ce que j'ai à faire.

Il posa le couteau sur la desserte et, d'un coup sec, sortit la lame du manche.

— Tes vêtements sont immondes. Des coulures de vomi. T'es vraiment une sale môme. Je vais te retirer tout ça. Ensuite, je vais te récurer la peau de haut en bas. Ton premier nettoyage. Tu ne seras pas pure en une fois. Ça viendra peu à peu.

À la première entaille sur les vêtements, Kerlat sentit monter l'excitation. Pourtant rien de très spécial. Simplement une lame qui découpe la chemise en suivant le boutonnage. Wendel prit soin d'étirer l'étoffe. Ne pas lui inciser la peau par mégarde. Pas encore.

D'autres coups précis pour ôter le pantalon. Mau se mit à hurler.

— Si tu bouges ou si tu ne te tais pas, je risque de te couper. Ton sang ne fait partie du scénario. Mais ça pourrait bien changer…

Elle tremblait. Quand Wendel tenta de couper le lien de sa culotte, Mau voulut se saisir de l'arme. Sa main ripa et sa paume s'entailla sur la lame aussi effilée que celle d'un rasoir.

— Je t'avais prévenue. C'est malin. Te voilà blessée. On verra après. N'aie pas peur, je te soignerai. Pas de souci.

Il referma le cutter et le jeta à côté du couteau. De sa main gauche, il plaqua Mau sur la cloison. Le choc fut assez violent pour lui arracher un nouveau cri. De sa droite, il lui arracha son sous-vêtement.

Toujours bloquée au mur par le collier de chien et la chaîne, elle se retrouvait nue. Elle tenta de cacher son intimité comme elle put.

Wendel recula pour disparaître derrière la caméra. Rire forcé. Un plan fixe de plusieurs secondes apprécié par Kerlat. Tout se déroulait comme il l'avait souhaité. La coupure à la main était une belle surprise. Elle ne semblait pas profonde mais suffisante pour qu'il voie son sang sur la vidéo.

Wendel fit couler l'eau du bain et vérifia la température. Trente-sept degrés. Identique à celle du corps. Parfait.

Il suivait à la lettre le rituel prescrit pour ce premier lavage. Les prémices de la pureté recherchée par Kerlat.

Mau se débattit de toutes ses forces. Elle refusait d'être touchée même pour nettoyer sa plaie à la main. Elle tenta de mordre, de griffer mais elle n'avait pas mangé depuis la veille et rapidement, ses forces la lâchèrent. Sans être résignée, elle commençait à céder.

Elle s'évanouit et s'effondra dans la baignoire. Wendel lui sortit immédiatement la tête de l'eau. Il ôta la chaîne, la prit dans les bras et disparut de la vidéo. Le scénario ne prévoyait pas qu'elle perde connaissance.

Kerlat en éprouva une énorme frustration.

Il dut attendre plusieurs secondes avant d'entendre de nouveau Wendel.

— Je suis désolé, Gilles. Ce n'était pas prévu. Je déplace la caméra.

Mouvements aléatoires de l'image. Puis la stabilité de l'appareil revint.

— Je l'ai allongée sur mon lit et j'ai mis un drap sur elle. C'est mieux ainsi, je pense.

Gilles Kerlat sentit la colère monter. *Pourquoi l'avoir couverte ? Incapable ! T'as rien compris, abruti ! Elle doit rester naturelle même encore impure, sa nudité est une partie intégrante du processus ! Nul ! Tu ne vaux rien !*

Il coupa la connexion, retira la clé 4G et s'allongea sur son lit.

Les mains sur les yeux, il se mit à pleurer de rage.

Calme-toi. Enfermé dans ces quatre murs, tu ne peux rien faire de plus.

Il décida de respirer calmement et prit le temps de rechercher une forme d'apaisement.

Une heure plus tard, il se releva et reconnecta son ordinateur. Dans son *cloud* personnel, il chargea un fichier Word intitulé : *Mon grand voyage*.

Des réflexions personnelles et le récit de ses actions. *Un régal pour les psys*, pensa-t-il. Même s'ils lisaient un jour ces fiches, elles seraient incompréhensibles pour eux. *Des médiocres, des cloportes inconsistants que j'écraserais facilement du talon.*

Kerlat créa une nouvelle page qu'il nomma : « Imprudence ».

J'ai été insouciant. Trop sûr de moi. Rien ne pouvait m'arriver. Je l'avais déjà prouvé maintes fois auparavant. Il a fallu que cette salope mette le nez dans mes affaires. Pas la peine que je ressasse mes erreurs passées. Trop tard évidemment.

Me filmer avec mes anges était une bonne chose. Quand je revisionnais mes vidéos, je n'éprouvais pas les mêmes sensations mais les odeurs, les images, le grain de leur peau sur mes doigts me revenaient en mémoire. Peu à peu, les regarder est devenu insuffisant. La recherche du vrai, de l'authentique a repris le dessus. Je me mettais alors en chasse. La traque est aussi un élément du processus. Le plaisir du chasseur se trouve partiellement dans la quête d'une nouvelle proie. Quel vilain mot !

Qu'éprouve un chasseur lorsqu'il a un être vivant, fût-il un animal, dans sa ligne de mire ? Peut-être une sensation de toute-puissance. Avoir la capacité de donner la mort sans craindre d'être lui-même une victime. Moi, j'avais toujours cette épée de Damoclès au-dessus de ma tête. Être pris faisait partie intégrante du jeu.

À la différence que mes anges n'étaient pas des animaux qu'on souhaite tirer comme des lapins. Bien plus subtil que ça. J'avais une mission. Mais je m'éloigne de mon objectif du moment.

Imprudence : « manque de prudence », m'indique le dictionnaire. Trop facile ! Que signifie alors le terme « prudence » ? Je trouve deux définitions : « sagesse qui règle la conduite et fait éviter les fautes ». Là aussi, pas difficile à comprendre.

Je préfère nettement la suivante. « Prudence humaine : qui sait sauvegarder nos intérêts temporels, par opposition à la prudence chrétienne qui sait préserver l'âme du péché. »

Je n'ai pas su préserver mon attirance ni ma passion pour mes chérubins. J'aurais dû créer un *cloud* plus tôt. Peut-être était-ce techniquement impossible à l'époque. Quant au péché, je laisse cette notion aux philosophes et aux croyants. Chacun y met ce qu'il souhaite.

Pour ma part, j'ai sauvé ces enfants de ce qui les attendait plus tard, à l'adolescence. Je sais de quoi je parle puisque je l'ai vécu. Je les ai transcendés bien au-delà du rang d'humain. Des anges. Des êtres purs, nettoyés de la saleté qui allait, tôt ou tard, les envelopper puis les ensevelir définitivement.

J'ai été leur libérateur.

Imprudent, oui, je l'ai été parce que je voyais une autre issue pour eux. Ma petite personne comptait peu à ce moment. Une erreur. Parce que maintenant des dizaines, des centaines d'enfants vont périr dans la crasse de leur monde. Je vais tenter d'en sauver un dernier… une dernière pour être plus précis. Cette bonne action sera double. Seul ce Wendel le sait. Pas eu d'autre choix. J'ai été obligé de lui donner l'ensemble du plan.

Mais ceci est une autre histoire.

Les mains derrière la tête, Kerlat se reposa sur le dossier de sa chaise et relut avec satisfaction son texte.

Cette nuit-là, son sommeil fut serein.

30

Brest

Quatre jours se sont écoulés depuis le rapt de ma fille. Les soixante-douze premières heures fatidiques sont passées. Un cran supplémentaire sur l'échelle de mon angoisse.

Selon le mode opératoire de Kerlat, il me reste un jour pour retrouver Mau. Éventuellement un ou deux de plus s'il ressent le besoin de la torturer plus longtemps.

J'ai séché mes larmes. Cela ne sert à rien de m'apitoyer sur le sort de Mau et encore moins sur le mien. Ôter de ma tête l'idée qu'elle puisse subir les mêmes atrocités que les autres enfants.

Les dossiers des anciens meurtres sont étalés sur le sol de la salle à manger. Ma mère et moi avons constitué un tableau répertoriant les similitudes entre chaque cas. Elles sont nombreuses. On a peu dormi depuis mon retour du Cambodge.

Un appel du commissariat de police nous a redonné espoir.

— Nous avons du nouveau, madame Le Roy.

À neuf heures du matin, le cinquième jour, je me retrouve dans le bureau du commissaire.

— Nous avons tiré plusieurs fils et effectué les enquêtes de proximité. Ça n'a rien donné.

— Je vous l'avais dit.

— Je sais. Mais nous disposons d'une équipe de cybercriminalité en connexion permanente avec les réseaux interdits, le Deepnet et le Darknet. Voici la note reçue.

Il pose un feuillet devant moi. Certaines parties sont noircies. Entre autres, les noms des enquêteurs.

Une annonce a aiguisé notre curiosité. Un internaute du Darknet a recherché un homme capable d'enlever une gamine de six ans. Suit une liste d'obligations : séquestration, tortures morales et physiques, viol et meurtre.

Je relève les yeux vers le policier.

— Je vous l'avais dit. Kerlat est l'instigateur et, en l'occurrence, l'émetteur du message.

— Il n'a pas été facile de remonter jusqu'à lui. Heureusement, ces hommes sont des spécialistes. Cette annonce a été envoyée depuis un ordinateur portable. Il a fallu du temps pour retrouver son adresse IP mais nous avons fini par l'identifier. C'est celui de Gilles Kerlat. Il en possède un dans sa cellule. On ne sait pas comment il a pu surfer sur le Darknet mais il a réussi.

Je poursuis ma lecture.

Trois personnes ont répondu à cette annonce et un *cloud* a été constitué pour chacune d'elles. Actuellement nous sommes dans l'incapacité de cracker les codes d'accès. Juste une question de temps.

— J'hallucine ! Un ordi dans sa cellule ?

Je suis en colère.

— Comment un homme aussi dangereux dispose-t-il d'un ordinateur connecté à la toile ?

— Je ne peux pas vous répondre, madame. Mais on finira par l'apprendre.

— Je m'en fous. Il ne devrait pas en avoir un ! C'est tout !

— Je vous demande de vous calmer, s'il vous plaît.

Difficile. Parfois je me mets à penser à la peine de mort. Cette idée est contre mes valeurs mais cet individu est irrécupérable. Remettre la guillotine en place, une seule fois, spécialement pour lui.

Je ferme quelques instants les paupières et je reprends ma respiration. Je me calme. Je relis le document posé devant moi : « Juste une question de temps. » Je le repousse vers le policier.

— Nous n'avons pas le temps, commissaire.

— Je sais. Mais nous avons les noms des trois internautes. Avons-nous besoin pour le moment de connaître le contenu des échanges dans les *clouds* ? Gilles Kerlat est un homme minutieux et extrêmement précis dans son mode opératoire. Il y a sûrement décrit la façon dont les choses doivent se dérouler. Nous avons cependant une difficulté : les noms sont des pseudonymes. Mais nous avons obtenu les adresses IP de leurs ordinateurs. Tous des portables. Nous avons pu identifier les acheteurs de ces appareils.

— Les acheteurs ?

— Oui, madame. Soyons prudents. L'acquéreur n'est pas nécessairement l'utilisateur. Je vous ai demandé de venir pour vous montrer les noms. Peut-être reconnaîtrez-vous l'un d'eux. Les trois sont suspects mais aucun ne ressort du lot.

Il me tend la liste.

Hélène Sterberland, responsable marketing dans l'entreprise XXXX, spécialisée dans l'import-export de meubles exotiques.

Christophe Dublin, demandeur d'emploi.

Alain Wendel, représentant en vins et spiritueux.

J'observe les noms. « L'acquéreur n'est pas nécessairement l'utilisateur. » Aucun ne m'est familier. Je peux me tromper mais je ne pense pas qu'une femme soit à même de se prêter à ce genre de perversion. Il est possible que ce soit son conjoint, si elle en a un. Le demandeur d'emploi a la disponibilité et a sûrement besoin d'argent. Je n'imagine pas que l'on réponde gratuitement à une telle demande. Quant au commercial, il a la possibilité de se déplacer et de s'absenter sans éveiller le moindre soupçon.

— Nos enquêteurs auront les adresses de leur domicile en cours de matinée. Ils y arriveront sans aucun doute. Suivant les lieux, je devrais avoir l'autorisation du juge d'instruction pour mettre en branle les procédures réglementaires. Perquisitions, entre autres. S'ils ne sont pas dans notre juridiction, nous ferons appel à des collègues des commissariats concernés.

— On n'a pas le temps, commissaire ! Ça va prendre des heures, des jours même ! Et ma fille sera violée et morte.

— Je comprends votre impatience. Le temps est effectivement une donnée primordiale. Mais on doit respecter les procédures. Nous sommes dans un État de droit, madame. La justice et les forces de l'ordre, policières ou militaires, ont des obligations à respecter. Impossible d'aller plus vite. Je vous l'assure. Nous avons déjà sacrément progressé. Dès que nous en saurons plus, vous serez la première informée.

« Une dernière chose. Nous ne faisons rien pour le moment contre Kerlat. On lui laisse son ordinateur. Tant qu'il pense être maître de la situation, votre fille a toutes ses chances de rester en vie.

— Je suis d'accord avec vous. Il a sûrement mis une sécurité en place. Je ne sais pas, par exemple, sans nouvelles de lui durant un certain temps, le kidnappeur a pour ordre d'éliminer ma fille.

Je prends la liste.

— Je peux la garder ?

— Non. Je suis désolé. C'est une pièce interne aux services. Je n'aurais d'ailleurs pas dû vous la montrer.

Je mémorise les noms avant de lui rendre la feuille.

Le commissaire la saisit sans me lâcher des yeux.

— Rentrez chez vous. Vous avez besoin de repos. Je vous certifie que je mets tous mes hommes sur cette affaire.

Mon regard est assez explicite pour qu'il lise dans mes pensées.

— Ne tentez rien seule, s'il vous plaît. Vous pourriez compliquer les choses. Pensez à votre fille.

— C'est mon unique obsession, commissaire.

Je sors du commissariat très en colère. Une journée ! Peut-être deux ! J'aimerais tant que le temps s'arrête pour ma fille.

Sans attendre, je note les noms des trois candidats à l'annonce de Kerlat ainsi que leur activité au dos d'une facturette de carte bleue.

Je retrouve ma mère chez moi et lui raconte rapidement la rencontre avec le commissaire. Je lui propose de prendre le problème sous un autre angle. Impossible pour nous de faire des recherches sur les trois personnes. Concentrons-nous sur la psychologie de Kerlat et sur ses habitudes lors des rapts précédents. On ne dispose pas d'un logiciel pouvant synthétiser des informations en faisant ressortir des points communs, mais nous avons notre intelligence.

Les lieux d'abord. Les séquestrations se sont toutes déroulées dans des endroits reculés. Contrairement à d'illustres tueurs en série qui détenaient leurs victimes dans une cave, en centre-ville ou en proche banlieue, Kerlat a besoin d'espace et de tranquillité. Il drogue les enfants pour les transporter, mais ensuite, leurs hurlements le stimulent. La peur est un élément moteur de son pouvoir. La salle de bains est au centre de ses fantasmes. Il lave plusieurs fois par jour ses futures victimes pour les purifier.

Je sors une carte de Bretagne et la fixe sur un mur du salon. Je punaise les lieux où ont été assassinés les enfants. Les corps ont été retrouvés ailleurs. Encore un délire de Kerlat. J'enlève ce point de ma tête. Impossible d'imaginer ma fille morte. Je la sauverai.

Des maisons isolées en Bretagne, ça ne manque pas. Il a toujours fait ses réservations sous son vrai patronyme. Après avoir commis ses crimes, il nettoyait et désinfectait les lieux et les rendait souvent plus propres qu'à l'origine.

— Tu crois qu'il a de nouveau donné son nom ? me demande ma mère.

— Pourquoi pas, c'est un nom courant.

— Comment savoir ? Et Mau n'est peut-être pas en Bretagne mais dans une autre région.

— Non, il n'a jamais été ailleurs. Aucune raison qu'il change maintenant.

— Comment a-t-il pu réserver une location depuis sa cellule ?

— Et surfer sur le Net ?… Ne nous dispersons pas sur ces détails. On part du postulat que Mau est dans un lieu paumé quelque part en Bretagne. On recherche sur Internet les locations réservées, celles qui l'ont été récemment. Peu de chances qu'il les loue un mois en avance. Pas dans son processus.

« Nous ne sommes pas en période de vacances. Il ne devrait pas y en avoir des tonnes. Sur de nombreux sites, un calendrier s'affiche avec les disponibilités. On se concentre sur celles qui sont actuellement indisponibles.

— Sur ces sites de réservation en ligne, on n'a pas accès au téléphone des propriétaires.

— Alors on commence par les locations entre particuliers. Là, on est en direct avec le loueur. Ensuite, si nécessaire, on se connecte sur les agences. Parfois, le nom du propriétaire est mentionné. Normalement, ce ne sera pas compliqué de trouver leur numéro. Leur intérêt n'est pas de se mettre sur liste rouge.

— Et après, comment comptes-tu t'y prendre ?

— Je me présente comme la femme de Kerlat et je leur indique qu'en raison du vol de notre chéquier, j'ai fait opposition à tous les chèques déjà émis. Le loueur ne pourra pas encaisser le sien. On verra ce qui va en sortir.

Ces investigations nous prennent une grande partie de la journée.

Vers le milieu de l'après-midi, la chance est enfin de notre côté. Nous détenons la bonne information. Gilles Kerlat suit très exactement son plan habituel.

J'en suis presque soulagée.

31

Monts d'Arrée

Alain Wendel avait réussi à laver Mau deux fois. À chaque bain, elle s'était débattue avec une énergie peu commune. Il avait été obligé de lui menotter les mains dans le dos. Cette façon de faire avait eu le don d'agacer Kerlat. On ne suivait pas complètement la procédure et cela le mettait en colère. Il devait admettre qu'en cellule, il ne pouvait pas adapter la situation comme bon lui semblait.

Il visionnait les vidéos en décalage et en était perturbé. Si le processus de purification prenait autant de temps, cinq jours ne seraient pas suffisants.

Le cadre initial n'était pas respecté. Pour s'en contenter malgré tout, il se dit que l'objectif réel de la détention de sa fille était multiple. Seul le résultat final comptait. Tant pis pour les accrocs au protocole.

Tous les indicateurs étaient au vert.

Et il allait prendre un nouveau risque : parler à Mau en direct.

Il envoya sur le *cloud* ses instructions à Wendel. À suivre à la lettre.

Lorsque la connexion fut établie, Kerlat vit sa fille en plein écran et son propre visage dans une fenêtre en bas à droite. L'inverse à l'autre bout de la ligne.

Mau était attachée à une chaise dans la pièce principale de la bergerie. Il resta plusieurs secondes à la regarder sans prononcer le moindre mot. Elle paraissait propre mais avait d'immenses cernes sous les yeux. Wendel lui avait indiqué qu'elle ne se nourrissait pas beaucoup et qu'il avait été obligé de la forcer en lui faisant ingurgiter de la bouillie. Il la nettoyait après chaque repas. Pour éviter de laver ses vêtements, il l'amenait nue à table et lui menottait les mains dans le dos avec la chaise.

Kerlat trouva cette forme de servitude plutôt intéressante.

— Bonjour, ma chérie.

Elle ne répondit pas.

— Je suis désolé des souffrances que tu subis mais elles sont utiles. N'en veux pas à Alain. Il suit uniquement mes instructions.

Wendel fit la moue. Il n'était pas un simple exécutant. Certes, il y trouvait du plaisir mais il commençait à s'impatienter. Pas de véritables tortures ni sévices. Il avait un besoin viscéral de passer à la suite : le viol puis l'assassinat, derniers volets du contrat.

— J'ai une bonne nouvelle à t'annoncer. Contrairement à ce que ta mère a voulu te faire croire, ton père n'est pas décédé.

Mau écarquilla les yeux.

Kerlat ouvrit les bras.

— Je suis là, Mau. Je ne suis pas mort. Une merveilleuse nouvelle, non ?

Mau fixa l'écran quelques secondes sans répondre. Elle détourna la tête pour ne plus le voir. Kerlat ordonna à Wendel de l'obliger à le regarder.

— Tu dois être heureuse de me rencontrer.

Elle fit une moue de dégoût.

— T'es pas mon père. Il est mort quand j'avais un an. Un accident de voiture. J'ai un album photo.

— Des mensonges de ta mère. Je la connais bien. Et je vais te le prouver.

Il donna les dates et les lieux de naissance de Mau, de Champey et de la grand-mère.

— Nous avons vécu une seule année ensemble parce que Champey, ta mère, l'a décidé ainsi. Elle m'a dénoncé à la gendarmerie. Et depuis ce jour, je suis en prison.

Il se retourna et bougea son ordinateur portable.

— Tu vois, je ne mens pas. Je suis dans une cellule. Elle est petite. Toi, tu es bien mieux à la bergerie. Tu as de l'espace.

Mau tenta de se défaire de l'emprise de Wendel. Kerlat remit son ordi en place.

— Regarde-moi, s'il te plaît.

— T'es pas mon père. C'est pas parce que tu connais des trucs sur nous que t'es mon père.

— Oh ! Mais je peux te fournir d'autres preuves si tu le souhaites. Par exemple, ta mère, Champey, est une enfant adoptée. Tu me diras, c'est facile à comprendre, il suffit de regarder les yeux de ta grand-mère et ceux de ta mère.

Il ricana et se recula contre le dossier de sa chaise.

— Elle avait un an quand ses parents l'ont trouvée dans un orphelinat. Tu le savais, n'est-ce pas ?

— Je crois.

— Bien. Dans ton album, y a-t-il une seule photo où tu es dans les bras de ton père ?

Silence.

— Ne réponds pas si tu ne veux pas. J'ai la réponse. Bien sûr que non. Aucune. Il est toujours seul ou alors avec des amis ou à côté de ta mère. L'embrasse-t-il comme le font des amoureux ? Se trouve-t-il parfois avec tes grands-parents ? Non… Ce sont des photomontages. Des trucages. Pas compliqué avec les logiciels actuels.

Mau avait les larmes aux yeux, mais refusait toujours de le croire. Sa mère n'était pas une menteuse.

— Je vais te dire une chose. Personne d'autre que moi, ton père, ne peut le savoir : la recette des crêpes. Elle est secrète. Mais moi, je la connais.

Gilles Kerlat énuméra les ingrédients puis indiqua la façon de préparer la pâte, le temps de repos et la manière particulière de cuire les crêpes sur le billig.

— C'est ta grand-mère qui l'a apprise à ta mère. Je me trompe ?

Mau se décomposa. Les larmes coulèrent le long de ses joues. Kerlat abattit sa dernière carte.

— Mais je vais te raconter d'autres choses. Ta mère t'a peut-être dit comment on s'organisait pour la nuit quand tu étais bébé. Elle te donnait le sein et ensuite, je me levais pour te changer. Je te chatouillais et tu étais aux anges. Ensuite, je te remettais dans ta turbulette puis dans ton lit et je te chantais toujours la même berceuse… Tu dois t'en souvenir.

Kerlat se mit à chantonner et vit sa fille blêmir. Elle avait enfin compris.

— Ta mère t'a menti depuis le début. Ton père n'est jamais mort. Elle a voulu te cacher mon existence. En réalité, c'est elle, la méchante. Pas moi. Si tu es enfermée dans cette bergerie, c'est pour une bonne raison : tu as besoin d'être purifiée.

Mau ouvrit la bouche mais aucun son n'en sortit. Elle était pétrifiée.

— Je vais te dire ce qui va se passer maintenant.

Kerlat fit une pause.

Sa voix devint plus grave.

— Tous ces mensonges doivent être lavés. Alain, mon ami, va s'en occuper. Plusieurs bains sont encore utiles afin que tu deviennes une petite fille pure et digne de la suite. En tant que père, je suis dans l'obligation de te dire la vérité. Tu ne sortiras jamais de cette bergerie.

Mau hurla :

— Non ! T'es le méchant ! T'es le méchant !

— Ne t'énerve pas. Ça ne changera rien à ce qui est prévu. Mais tu auras bientôt une belle surprise. Tu dois m'accorder ta confiance comme tu l'as fait avec ta mère. Mais justement ? Où est-elle ? Je ne veux pas paraître pessimiste mais elle t'a abandonnée, non ? Ne serait-elle pas partie en vacances ? Et puis, ta grand-mère, elle aussi t'a délaissée. Elle n'est pas venue te chercher à la sortie de l'école. Heureusement, moi, je tiens à toi et j'ai bien fait attention à ce qui se passait. Alors, j'ai tout de suite prévenu mon ami Alain pour qu'il ne te laisse pas sur le bord de la route. Cela pouvait être dangereux.

— Méchant.

Mau avait baissé d'un ton. Sa voix trahissait son désespoir.

— Bien, ma fille. Tu dois me faire confiance. C'est ce que font les enfants vis-à-vis de leur père. Comme il m'est impossible d'être physiquement présent avec toi, par la faute de ta mère je te le rappelle, j'ai délégué mes prérogatives de père à mon ami Alain. Tu dois lui obéir et suivre exactement ses instructions. Malgré toutes ces années passées avec cette méchante femme, ta mère, Alain et moi allons te sauver. Rien n'est définitivement acquis. Il est toujours possible de modifier une éducation. Je t'embrasse très fort, Mau. Je t'aime, ma fille.

Kerlat coupa la connexion.

Wendel savait ce qu'il devait faire. Demain allait être le grand jour.

Il laissa Mau crier et se débattre sur la chaise. Pas grave si elle tombait. Un choc de plus. Pour la suite, cela n'avait aucune importance.

Il reprit la main sur son ordinateur portable et se reconnecta sur le Darknet pour suivre dans le *cloud* les dernières directives de son mentor.

Kerlat lui avait laissé plusieurs messages en lui demandant de ne pas se poser de questions mais de respecter exactement ses consignes. Il allait peut-être y avoir du mouvement…

Kerlat connaissait Champey par cœur. Lors du procès, elle avait démontré qu'elle avait étudié avec précision ses actes. Elle avait exploré en profondeur son mode opératoire et était au fait des moindres détails des différentes affaires. Il ne savait pas où elle était partie en vacances mais il lui faudrait un peu de temps pour renter. Ensuite, une autre séquence s'ouvrait à elle : se frotter aux policiers, comprendre la situation – à savoir qu'il était derrière l'enlèvement de leur fille –, rechercher le lieu de la séquestration. N'avait-il pas annoncé après l'énoncé du verdict qu'il se vengerait ?

Restait le problème policier. Allait-elle lancer la cavalerie et rester en retrait ? Peu de risques. Elle savait pertinemment qu'à la vue du premier képi, Wendel avait pour ordre de tuer Mau. Tant pis pour le scénario. Kerlat vivrait une vraie frustration mais toute opération possédait une part de risque. C'en était plus excitant. Surtout si tout fonctionnait comme il l'avait prévu…

Une dernière information avait conforté Kerlat dans l'idée d'une action imminente de Champey. Il avait reçu un mail de la femme à qui il avait loué la bergerie. Elle s'étonnait d'un appel de son épouse concernant un chèque impayé, alors qu'il avait réglé par virement bancaire. Il lui avait répondu de ne pas s'inquiéter, que c'était un malentendu et que tout était désormais en ordre.

Ce soir allait être le grand soir. La phase finale du plan.

Mais si rien ne se produisait maintenant, c'était juste un report d'une journée ou deux. Pas plus.

Wendel déplaça sa Renault et la gara dans le hangar derrière la bergerie. Il fit le tour complet du bâtiment et des proches alentours pour vérifier les différents détecteurs. À la nuit tombée, il remit Mau dans l'appentis, brancha une veilleuse, et ferma le battant avec une seule attache. Il laissa les outils de jardin, dont la pioche, non loin de la porte puis il attendit dans un coin de la bergerie, invisible des fenêtres, toutes lumières éteintes.

Quand il lut les dernières consignes, il sourit et sentit une nouvelle envie monter en lui.

Il ne pouvait pas se coucher. Si besoin, il sommeillerait sur la chaise, les picds sur la table. Les détecteurs feraient suffisamment de bruit pour le réveiller.

32

— N'y va pas seule, Champey. Préviens la police et laisse les forces de l'ordre gérer la situation. GIGN, RAID, CRS, que sais-je encore ? Ils ont les moyens d'intervenir.

— Avec leurs gros sabots ? C'est un lieu privé. Sans véritables preuves, ils vont attendre six heures du matin pour lancer l'attaque. Ou bien ils vont investir les extérieurs et tenter de négocier la libération de Mau avec un médiateur. Non, je dois y aller. Je ne peux plus attendre. Elle est là-bas. J'en suis certaine.

— Une supposition.

— Tu as entendu comme moi la dame qui loue la bergerie. « M. Kerlat a payé par virement. L'argent est bien arrivé sur mon compte. » Aucun doute. Mau est séquestrée à cet endroit.

— Alors, je viens avec toi.

— Non, maman. Tu restes et tu attends mon message. Je dois récupérer la voiture de location et le temps d'effectuer le trajet, il fera nuit. Je vérifie les abords et je sauve Mau.

— Comment vas-tu t'y prendre ?

— Je ne sais pas encore.

— Tu n'es pas une *superwoman*, Champey, ce n'est pas sérieux.

— J'improviserai. Le kidnappeur ne s'attend pas à ce que je vienne. Ne t'inquiète pas. Compte trois heures. Si tout se passe bien, je t'envoie un message, un SMS pour te dire que c'est OK. Si tu n'as aucune nouvelle de moi après ce délai, appelle alors la police.

Ma mère a des larmes dans les yeux.

— Tu es entêtée. Tu l'as toujours été, mais cette fois, c'est trop dangereux. Je t'en supplie, ne tente rien qui puisse mettre ta vie en danger.

— Ni celle de Mau. Je te le promets. Je connais très bien les manières de Kerlat. Il a dû passer ses instructions à son complice. Au moindre doute, il la tuera. Pas question que les flics s'approchent. J'ai plus de chances de la sauver seule.

Je vérifie mon petit sac à dos. Mon téléphone portable est chargé à bloc, j'ai quelques provisions, une bouteille d'eau, des vêtements de rechange pour Mau. Je ne dispose pas d'arme mais je prends un couteau de cuisine, un marteau et un tournevis avec différents embouts, au cas où je doive démonter quelque chose. Je ne sais pas quoi.

J'ai imprimé la carte du secteur. Le chemin qui mène à la bergerie me semble quasiment invisible de la route. Même sur le plan, il apparaît comme une piste de moutonniers. Il risque d'être difficile à trouver.

Je serre très fort ma mère dans mes bras en l'embrassant.

— À tout à l'heure. Reste à côté de ton téléphone. Dans trois heures, tu auras un message de ma part. Sinon, appelle la cavalerie.

Je tente un sourire.

Durant le trajet, je me remémore des scènes de la vie de tous les jours avec Mau et son père. Si je n'avais pas trouvé les photos et les vidéos sur son ordinateur portable, pendant combien de temps aurait-il continué ses crimes ? Nous n'étions pas encore mariés quand il avait commis son premier assassinat. Mau et moi étions une façade. Grâce à nous, il s'affichait comme un mari et un père aimant. Une bonne personne au-dessus de tout soupçon. On ne connaît jamais vraiment l'homme avec lequel on vit. J'ai été follement amoureuse de lui. Physique athlétique, un sourire à faire fondre n'importe quelle femme, des yeux gris et un charisme que je n'ai jamais retrouvé chez quelqu'un d'autre. Cette pensée m'arrache un rictus. Depuis la dénonciation de Gilles, je n'ai rencontré personne… Même pas pour une aventure d'une nuit. Le moindre contact me terrorise. M'imaginer dans les bras d'un homme me projette dans un film d'horreur. Je suis suffisamment équilibrée pour faire la part des choses, je sais que Gilles Kerlat est heureusement une exception. Mais c'est plus fort que moi. Je n'ai plus aucune confiance en la gent masculine.

Je passe une première fois devant le chemin d'accès à la bergerie sans le voir. J'arrive à un hameau. Je suis trop loin. J'effectue un demi-tour et je ralentis pour le trouver. Il est là. Je me demande où laisser ma voiture de location. Si je m'engage sur ce sentier, le bruit du moteur donnera l'alerte. Si je me gare ici, le trajet jusqu'à la bergerie sera long. Elle est à deux kilomètres. Pas un problème pour l'aller. En revanche, si je suis obligée de fuir rapidement avec ma fille, ça augmente les probabilités que nous soyons reprises avant d'atteindre ma voiture. Mais je n'ai pas vraiment le choix. Je dois préserver mon effet de surprise.

Je stationne sur le bas-côté, enfile ma doudoune et mon sac à dos. Je m'avance sur le sentier. Juste la largeur pour un véhicule. Impossible d'effectuer un demi-tour en voiture. Je suis rassurée. J'ai pris la bonne décision.

La lune n'est pas pleine mais les nuages ont laissé place à un beau ciel étoilé avec suffisamment de lumière pour avancer sans l'aide de la torche de mon téléphone.

Après une bonne demi-heure de marche, je commence à me poser des questions. Ne suis-je pas en train de me perdre dans les monts d'Arrée ? Après dix minutes supplémentaires, je vois enfin une bergerie qui se découpe sur les collines.

Aucune lumière. Je sens une montée d'adrénaline. Et si je m'étais trompée ? Si ce n'était pas la bonne bergerie ? Non. Il n'y a aucun autre bâtiment dans le secteur. Ma fille est là. J'en suis sûre. Pourvu que je n'arrive pas trop tard.

*

Wendel était assis dans un coin de la pièce principale de la bergerie, invisible des fenêtres. Il avait relu une dernière fois les consignes de Kerlat avant d'éteindre et de fermer son ordinateur portable. Les événements de la nuit devaient se dérouler selon le plan initial. Pas de raison qu'un autre scénario se mette en place. Son mentor lui avait expliqué que Champey, la mère de Mau, était une femme tenace mais prévisible. Comme le Petit Poucet, il avait semé des petits cailloux pour cet ultime moment. Elle finirait par trouver la bergerie. Quand Wendel avait émis l'hypothèse qu'elle serait peut-être accompagnée des forces de l'ordre, il lui avait assuré que le risque était infime. Personne ne lui avait confisqué son ordinateur. Il avait fait en sorte que sa piste soit difficile à suivre malgré les performances reconnues des flics spécialisés en cybercriminalité. Pas de souci à se faire.

Un seul élément était aléatoire. Embarquerait-elle sa mère dans ce périple ? Jamais Champey ne la mettrait en danger. Des amis peut-être ? Elle n'en avait que peu voire pas du tout, lui avait confié son avocat. Il avait besoin de cette nuit. Après, peu importait ce qui allait arriver. Sa vengeance ne concernait pas Mau mais sa mère. La fille était un appât. Le viol et le meurtre de sa fille n'étaient pas suffisants.

Son plan était plus ambitieux.

Wendel vit une lumière rouge clignoter sur le boîtier posé à même le sol, suivie d'une série de bips. Un détecteur de mouvements s'était enclenché. Peut-être un animal. Il devait attendre un second signal pour être sûr.

Celui-ci se produisit quelques secondes plus tard.

*

Aucune lumière. Je commence à tourner prudemment le long du bâtiment central. Derrière se trouve un hangar. Sur l'un des côtés de la bergerie, je perçois une faible luminosité. Je m'approche et regarde par la petite fenêtre. Je sens mon cœur battre la chamade. Mau est là, allongée sur un matelas par terre. Elle est vivante. Une veilleuse à ses côtés.

Je n'en crois pas mes yeux lorsque je découvre un collier de chien autour de son cou. La chaîne est reliée au mur par un anneau. *C'est fini, ma fille. Je viens te libérer.*

Je ne vois personne d'autre. Je ne cherche pas plus loin. Pas de voiture garée devant la bergerie. Le salaud qui séquestre ma fille est peut-être parti ailleurs. Attachée de cette façon, Mau ne se sauvera pas en pleine nuit. Ma priorité est de la délivrer. Le collier semble être en tissu ou en cuir. Je pourrai le couper avec le couteau.

Je me retrouve devant la porte. Trois fermetures possibles mais une seule est utilisée. Vraiment, il devait être sûr de lui pour mettre si peu de défenses. En plus, du matériel de jardinage repose à quelques mètres contre la cloison.

La pioche fera l'affaire. Je coince la partie effilée entre le loquet métallique et la porte en bois. Je force. Il doit céder facilement. Ça résiste mais j'appuie de tout mon poids. Les vis commencent à s'arracher des planches. Brusquement le bois craque et la serrure casse. La nuit porte les bruits. Je regarde autour de moi. Je reste plusieurs secondes sans bouger.

Personne.

Je pousse le battant. Mau est là, recroquevillée contre le mur. La peur. Quand elle m'aperçoit, elle pleure et m'appelle.

— Chut, Mau. Pas de bruit. On n'est peut-être pas seules.

Je m'agenouille sur le matelas et la serre très fort contre moi.

— N'aie pas peur. Je suis là maintenant. Je vais couper ce collier et on part sans attendre. J'ai une voiture au bout du chemin.

Mau écarquille les yeux et se met à hurler :

— Maman !

Je sens une main puissante sur ma bouche et sur ma nuque. Une odeur désagréable. Je respire. Pas le choix. Je tente de me débattre mais mes forces me quittent.

*

Quand Wendel sentit le corps de Champey s'affaisser, il relâcha son étreinte et ressortit aussitôt. Il jeta le chiffon imbibé d'éther et respira de grandes goulées d'air frais. Toujours être précautionneux avec ce produit.

— Qu'as-tu fait à ma maman ?

— Tais-toi, Mau ! C'est pas le moment. Pas envie de t'entendre crier.

— Au secours ! À l'aide !

La gifle lui arriva en pleine figure et sa tête cogna le mur. Mau fut sonnée.

Bon boulot, Alain... Mouais. Gilles va être fier de toi. Suivre la procédure.

Il envoya balader le sac à dos au bout du matelas et passa un second collier au cou de la mère. Il fixa la chaîne au même anneau mural.

Mau émit de petits râles.

— Ferme-la ! Sinon, je t'en remets une !

— Fais pas de mal à ma maman, murmura-t-elle.

Wendel leva la main. Il la garda en suspens. Mau se recroquevilla sur elle-même.

— Bien. Fous-moi la paix.

Dans l'une des poches de la doudoune, il découvrit un téléphone portable. Gilles Kerlat lui avait dit que Champey était très proche de sa mère. Encore une fois, il avait raison. Un message de la grand-mère s'afficha : « Tout va bien ? »

Il devait lui répondre et dire que tout était OK. Un risque était cependant à prendre : étaient-elles convenues d'un code particulier ? Dans ce genre d'opération, il fallait avoir un peu de chance. Pour l'instant tout se déroulait admirablement. Aucune raison que cela change.

Le téléphone s'activait par empreinte digitale. Pas compliqué, Champey était là. Il désactiva sans problème la sécurité et trouva rapidement le contact de la grand-mère. « C'est OK. J'ai récupéré Mau. Elle va bien mais on part quand même à l'hôpital. Je préviens la police en route. Je te recontacte demain matin. Je suis heureuse. »

La réponse fut instantanée : « Super ! Quel bonheur ! »

Wendel récupéra les clés de la voiture dans l'autre poche de l'anorak de Champey. Il referma la porte de l'appentis à l'aide des deux loquets restés en état puis remonta le chemin. Il prit le véhicule de Champey et le gara à côté du sien dans le hangar.

La nuit allait être longue.

33

Champey ? Je suis Sivatha, ta maman. Nous avons vécu un an ensemble. Une année très difficile. Tu ne t'en souviendras pas. Heureusement. Moi, ma fin est proche. J'en suis désolée. Je vais tout faire pour que tu vives.

— Maman ? S'il te plaît, réveille-toi. Maman ? Le méchant va revenir.

J'ai un mal de tête terrible. Je tente d'ouvrir un œil. La lumière est faible mais elle m'agresse. Où suis-je ?

— Maman ? C'est Mau.

Mau ? Ma fille. Elle me secoue.

— Doucement, Mau. J'ai très mal au crâne.

— C'est le produit. Moi, j'ai vomi.

— À l'odeur, de l'éther. Un truc du genre. Une horreur. Mais je ne vais pas vomir. Laisse-moi encore un peu de temps. J'suis pas bien.

— Non ! Le méchant, Alain, il va revenir et il va nous tuer.

— La police va arriver. Je n'ai pas prévenu ta mamie. Sans nouvelles de moi, elle va alerter les gendarmes.

— J'ai vu le monsieur te voler ton portable et écrire dessus.

J'essaie de me relever mais prends conscience du collier. La chaîne est trop courte.

— Où est mon téléphone ?

— Il est parti avec.

Je me retourne vers ma fille enveloppée dans une couverture, les pieds nus. Je fais glisser mes doigts sur son visage fatigué.

— T'a-t-il fait du mal ?

Elle me montre sa paume bandée.

— M'suis coupé la main avec son cutter.

— Il t'a…

— Je me suis débattue la première fois dans la baignoire, il a découpé mes vêtements. J'ai pas voulu.

— Tu es une sacrée battante, Mau. Tu as raison. Personne n'a le droit de te toucher. Il ne l'a pas fait, hein ? Dis-moi ?

Mau baisse les yeux.

— Il m'a lavée deux fois.

— Comment ça ? Lavée ? Entièrement ?

— Oui.

Des larmes coulent le long de ses joues.

— Il t'a fait mal ?

— Pas vraiment mais il a passé un gant de toilette et du savon partout.

Je ne lui pose plus de questions. Le processus établi par Kerlat est à son début. Plutôt la phase douce par rapport à la suite. J'éprouve une forme de soulagement. Je ne suis pas arrivée trop tard, mais je suis attachée avec des chaînes au mur, et ça ne joue pas en notre faveur. S'il a réussi à rassurer ma mère, nous sommes ici pour un long moment. Au moins le reste de la nuit et une partie de la matinée. Il faut réagir.

— Maman ?

— Oui, Mau ?

— J'ai quelque chose à te demander.

— Je t'écoute, ma chérie.

— Il y a un homme. Il m'a parlé dans une vidéo. Il est en prison.

Je mets ma main sur ma bouche. Kerlat a réussi à entrer en contact avec sa fille. Encore une mauvaise nouvelle.

— Il m'a dit qu'il était mon père. Au début, je ne l'ai pas cru mais il m'a donné la recette secrète des crêpes et il a chanté ma berceuse. Comment il sait ?

Mon cœur chavire. Mes yeux se voilent de larmes. Le désespoir me gagne. J'ai tout fait pour qu'elle n'apprenne jamais la vérité, ou du moins que ce soit le plus tard possible, quand elle serait grande, en mesure de comprendre. Je voulais la protéger de cet homme et lui offrir un bon père. C'est raté.

Je ne peux plus reculer. Je prends Mau dans mes bras et la serre très fort.

Mau me repousse et me tourne le dos. Je vois ses épaules se soulever. Elle pleure en silence.

— Cet homme est méchant. Il t'a dit pourquoi il était en prison ?

— Par ta faute.

— Il a fait du mal à beaucoup de gens. Il a été jugé et condamné.

Je pose une main sur l'épaule de ma fille.

— S'il te plaît, Mau. Tu dois me croire.

Mau me regarde, bouleversée.

— Toi et mamie, vous êtes des menteuses. Mon papa n'est pas mort dans un accident de voiture ?

— Mau, ma chérie, tu avais un an quand il a été arrêté par la police. Je t'assure, il est vraiment méchant. La preuve, il nous a enfermées toutes les deux.

— Maman… Est-il mon papa ?

Je lâche un « oui » à peine audible.

Mau se retourne vers le mur pour éviter mon regard. Je tente de la ramener vers moi. Elle me repousse.

— T'as menti.

— Mau, ma chérie, c'était pour te protéger. Je t'aurais tout dit plus tard. Ton père a fait des choses horribles et il a été condamné. Tu vois, nous avons été toutes les deux des enfants abandonnées en quelque sorte. Moi, j'étais dans un orphelinat et toi, ton père est en prison pour des crimes odieux. Nous sommes un peu pareilles.

— T'as menti, maman.

— Pour ton bien, Mau.

Soudain, nous entendons les loquets de la porte se débloquer. Une forte lumière éclaire l'appentis. Un homme entre, un immense sourire aux lèvres. Il tient un tabouret dans une main et un ordinateur dans l'autre.

— Bonjour, mes belles. Deux pour le prix d'une ! Je ne m'attendais pas à un tel cadeau.

— Va te faire foutre, ordure !

— Oh ! Vous n'avez pas en commun uniquement les yeux bridés mais aussi le même sale caractère. Ou bien est-ce Mau qui a suivi ton exemple ? Peu importe. Passons aux choses sérieuses.

Je tente un coup de bluff. Trois noms étaient indiqués dans la note de la police, mais j'avais déjà ma petite idée et Mau m'a indiqué son prénom : Alain.

— Monsieur Wendel, n'est-ce pas ? Alain Wendel, commercial en vins et spiritueux, venu directement de l'est de la France.

Il prend un air étonné.

— Comment je vous connais ? Très simple. La police vous a repéré sur le Darknet. Elle est au courant de vos contacts avec cette saloperie de Gilles Kerlat.

— Ne parle pas de lui de cette façon !

— Je vais me gêner ! Les forces de l'ordre seront là d'un moment à l'autre. Vous êtes piégé.

— Non, non. De l'esbroufe. Tu es venue seule. J'en ai eu la confirmation par ta mère, très contente de savoir que t'étais en route pour l'hôpital avec ta progéniture. Elle ne t'attend pas avant la fin de la matinée. D'ici là, il va s'en passer, des choses ! Je peux te le certifier ! Alors, cause toujours, mais j'ai tout de même un truc à te montrer.

Il pose son ordinateur sur le tabouret et l'ouvre. Il pianote sur le clavier. Une image apparaît.

— Nous sommes en direct. L'ordi est bien positionné, Gilles ?

— Oui, Alain. Bonsoir, Champey… et bonsoir, ma chère fille.

Visage de Kerlat en plein écran.

Je n'en crois pas mes yeux.

— Très heureux de vous voir saines et sauves toutes les deux. Je ne pensais pas vous retrouver ensemble devant moi. Je suis un homme comblé.

— Va te faire foutre, Kerlat !

— S'il te plaît, Champey. Modère tes paroles. Notre fille nous écoute. Tu n'es décidément pas une mère modèle ! Après les mensonges sur son père, tu deviens maintenant grossière. Mau n'a vraiment pas de chance d'avoir une mère comme toi, dit-il avec ironie.

Je sens la colère remonter en moi. Je tire sur ma chaîne.

— C'est toi le salaud dans l'affaire ! Pas moi !

— Pense ce que tu veux. Ça n'a aucune importance maintenant. C'est l'heure de ma vengeance. Je te l'avais annoncée lors de mon procès. Je tiens toujours mes promesses. Tu le sais, non ?

— Que va-t-il nous arriver ?

— Enfin, te voilà raisonnable. Une bonne question. Justement, j'ai trois choix qui s'offrent à moi. Je te les présente… Après ça dépendra de mon humeur et des envies d'Alain. Alain ? Tu m'entends ?

— Oui, Gilles. Je suis tout ouïe.

— Très bien. Alors écoutez-moi bien, tous les trois. Première solution. Alain viole et tue Mau devant toi, Champey. J'imagine les dégâts que ça pourrait engendrer dans ta petite tête. Ma vengeance serait assouvie. La deuxième est tout aussi terrible. Alain te viole et te tue devant Mau. À jamais traumatisée. Un joli coup aussi, non ?

Je me retourne vers Mau.

— N'écoute pas. Il est fou.

Kerlat entonne la berceuse de Mau. Ma fille pleure et se blottit contre moi.

— Bah, voyons. Toujours dans le giron de sa mère… Bon, c'est pas fini. Il reste une troisième solution. Alain, je te laisse leur annoncer.

— Merci, Gilles. C'est simple. Je vous viole et vous tue toutes les deux. Reste la question de l'ordre. Que préfères-tu, Champey ? Et toi, Mau, quel est ton choix ?

Soudain, je comprends le piège qui m'a été tendu. Et je suis tombée dedans la tête la première. Kerlat est un être pervers mais intelligent. Il a anticipé mes réflexions et mes actions. Rien n'a été laissé au hasard.

Je suis perdue. Je caresse les cheveux de ma fille recroquevillée contre moi. Un gouffre s'ouvre dans ma tête. Mau ne peut pas comprendre l'ampleur du désastre. En partie ma faute. Je me suis jetée comme une folle dans la gueule du loup. Comment allons-nous nous en sortir ?

— Tu ne peux pas faire ça, Gilles.

— Gilles ? Tu m'appelles par mon prénom maintenant ? Il y a un instant j'étais le plus beau salaud de la terre, la perversion même. Voudrais-tu m'attendrir ? Ça ne fonctionne pas avec moi.

Oui, je le sais. Je décide de m'adresser à Wendel.

— Il n'est pas trop tard, monsieur Wendel. Pour le moment, vous n'avez rien fait de mal. Juste subtiliser ma fille durant plusieurs jours. Mais rien de grave. Il est possible de reculer et d'arrêter avant qu'il ne soit trop tard.

Il s'accroupit devant moi. Suffisamment loin pour garder une distance de sécurité.

— Pourquoi Gilles m'a-t-il choisi, à ton avis ? Parce que nous sommes pareils. À un détail près. Je n'ai effectivement jamais sauté le pas. Mais ce soir, cette nuit, je vais agir. Vos destins sont scellés.

Un bruit dans les haut-parleurs de l'ordinateur. Nous regardons l'écran. Gilles Kerlat hurle et se débat. Des gardiens sont entrés dans sa cellule, matraque à la main, et lui assènent des coups. Puis, brusquement, une paume sur la caméra. L'écran devient noir. Plus d'image ni de son.

Je saisis l'occasion.

— Je vous l'avais dit ! La police est au courant. Elle a sûrement déjà encerclé la bergerie. Détachez-nous et rendez-vous.

Wendel semble paniquer. Il lève la main et me demande de me taire. Un lourd silence s'installe dans l'appentis. Il rabat l'écran de l'ordinateur et ouvre prudemment la porte. Aucun son suspect. Il sort et referme le battant. J'entends qu'il utilise les deux cadenas restants.

— Maman ? On est sauvées ? chuchote Mau.

— Pas encore, Mau. La police s'est enfin décidée à interrompre la connexion entre Kerlat et Wendel. Mais je ne suis pas certaine qu'elle sache où nous trouver. Ta mamie connaît l'adresse. Espérons que les policiers la lui demanderont. Kerlat n'avouera jamais où nous sommes. Il compte maintenant sur Wendel. Mais il est désormais seul et, sans Kerlat, il va peut-être se sentir perdu. C'est une chance à saisir. On va se libérer seules.

Je passe une main dans ses cheveux.

— Nous sommes deux et nous sommes fortes et tenaces. On va s'en sortir.

— Comment ?

Je pointe un doigt vers mon front.

— Commençons par réfléchir, Mau.

*

Wendel rentra en furie dans la bergerie. Il observa le boîtier d'alarme. Aucun nouveau mouvement n'avait été détecté. Personne à proximité. Mais la police allait forcément arriver. Une question de temps. Comment s'en sortir sans l'aide de son mentor ? Il reprit ses notes. L'ordre était de procéder au viol de la gamine puis à celui de la mère. Chacune étant spectatrice des sévices de l'autre. Viol de la fille devant la mère puis celui de la mère devant la fille. Pas la deuxième solution mais une variante de la troisième. La plus perverse. Puis arrivait la mise à mort en commençant par Mau. Parce que Gilles Kerlat avait insisté sur le fait que la mère souffrirait plus que la fille. L'assassinat de Mau serait propre et rapide. Celui de Champey devait durer. Une façon de punir cette femme, celle qui avait dénoncé Kerlat. Elle verrait la mort en face, la sentirait progressivement la prendre.

Ensuite le protocole devait être identique aux crimes précédents. Laver méticuleusement les corps pour les rendre purs, même après leur décès. Les envelopper dans des draps immaculés et les mettre dans le coffre de sa voiture. Avant de partir, il devait nettoyer la bergerie. La rendre plus propre qu'à l'origine. Du temps. Cela en nécessitait beaucoup.

Ensuite, il retournerait en ville et il devrait déposer les corps dans une nécropole, comme Kerlat l'avait fait pour ses propres victimes. Chacune sur une tombe. Là, encore un rituel auquel il tenait particulièrement. Mais Kerlat ne lui avait pas donné le nom du cimetière.

Ce plan tombait à l'eau.

Par acquit de conscience, il se brancha sur le Darknet et tenta de se connecter sur le *cloud*. Son code ne fonctionnait plus. Il se rendit compte alors qu'il venait à son tour de se faire piéger. Les cyberpoliciers avaient-ils la possibilité de connaître la position de son ordinateur ? Son adresse IP, sûrement, mais il ne possédait pas de traceur GPS.

Il sentit la panique monter en lui quand il comprit que la connexion en direct entre les deux ordinateurs *via* des clés 4G fonctionnait comme celle des téléphones. Il leur suffisait de savoir sur quel relais téléphonique sa clé avait borné. Et puis la grand-mère aussi devait connaître l'existence de la bergerie. Dans l'un ou l'autre cas, la fin était proche. Il lui restait peu de temps.

Aller au plus vite.

Éliminer les deux filles. En commençant par la fillette. Au moins, il aurait respecté cet ordre. Ensuite, fuir.

34

— Mau, où est mon sac à dos ?

— Sais pas, maman.

Je me retourne et je le distingue au bout du matelas. Du côté de ma fille. Il est trop loin pour que je l'attrape.

— J'ai des outils dedans. En tirant sur la couette, on peut l'amener jusqu'à nous. C'est plus facile pour toi. Vas-y.

À cause de la chaîne, les mouvements ont peu d'amplitude. Mau commence à le rapprocher d'elle en tirant le drap. Le sac est assez lourd pour ne pas glisser. Centimètre par centimètre, il avance vers ma fille.

— Wendel va revenir, Mau.

Dans quel état sera-t-il ? Ça m'étonnerait qu'il nous libère. S'il panique, il risque de nous tuer toutes les deux le plus rapidement possible et de s'enfuir. Parlementer ne va pas servir à grand-chose. Et puis la police n'arrivera pas assez vite.

Mau se concentre sur ses gestes.

Plusieurs secondes s'écoulent. Aucun bruit à l'extérieur.

— Vite, Mau.

Elle saisit une des bretelles et me le passe. Le couteau et les autres objets y sont toujours. Wendel ne l'a pas fouillé.

— Je coupe nos colliers. Ils sont épais mais en tissu. Ensuite, on défonce la porte en bois avec le marteau et nos pieds. On devra faire vite parce que ça va être bruyant.

— J'suis pieds nus. Y a des cailloux dehors.

— Alors, je te porterai jusqu'à la voiture. Comptons un peu sur la chance. Si on arrive à sortir, je te prends dans les bras et je cours sur le chemin. J'ai garé ma voiture sur le bas-côté.

Je retourne les poches de ma doudoune. Bouffée d'angoisse.

— Où sont les clés ? Elles étaient dans ma veste. J'en suis certaine. Elles ont dû tomber. Mais où ?

— C'est lui qui les a. Quand tu dormais, j'ai entendu une voiture rouler sur les graviers et entrer dans le hangar derrière. C'est peut-être la tienne ? Lui, il a une grosse voiture. J'ai été dedans. J'ai beaucoup écouté depuis que je suis ici. Il l'a garée aussi dans le hangar.

— Encore mieux. On se détache et on file en voiture.

J'attaque le collier de Mau avec le couteau. Ça fonctionne. Attention à ne pas lui couper la peau.

— Baisse la tête. On va y arriver.

Encore une ou deux minutes avant de libérer Mau.

— À mon tour.

La prise est moins évidente. Je vais mettre plus de temps.

— Sors le marteau du sac. On va en avoir besoin pour casser les verrous.

Un petit effort. C'est bientôt terminé. J'entends le couteau couper les fibres. Des va-et-vient nerveux.

Soudain, Mau se met à hurler.

— Maman !

Bruits mécaniques des cadenas extérieurs. Je n'ai pas fini. Trop tôt.

Wendel ouvre violemment. Mau a juste le temps de se plaquer contre la cloison derrière la porte. Elle est invisible. Il parcourt des yeux la pièce.

— Où est la petite ? Et toi là, tu bidouilles quoi ?

Je ne réponds pas et j'accélère mon mouvement, quitte à me blesser. Wendel se rue sur moi. Mau sort de sa cachette et lui saute dessus. Il a une seconde d'hésitation et je tends le couteau vers lui. Dans son élan, il ne peut éviter de s'affaler sur moi et il s'empale sur la lame.

Je sens un liquide chaud me couler sur les doigts. Mau hurle :

— Maman ! Maman !

Wendel râle de douleur. Je ne l'ai pas tué mais il est gravement blessé. Il pèse de tout son poids sur moi.

— Aide-moi à le retourner. J'étouffe.

Mes mouvements sont courts avec ce foutu collier. En réunissant nos forces, on arrive à le basculer sur le côté. La lame reste plantée dans son abdomen. Une main sur son ventre, Wendel hurle.

— Mau ! Retire le couteau et passe-le-moi ! J'ai pas fini de couper mon lien.

Wendel est sous le choc. C'est le moment.

Mais ma fille hésite. Je l'aide comme je le peux.

— Retire-le. Il faut fuir mais le collier n'est pas suffisamment entaillé. Vite, Mau ! Ne te pose pas de questions.

Elle s'approche mais reste pétrifiée.

— Mau !

Des deux mains, elle saisit le manche. Wendel lui bloque le bras. Il rugit :

— Saloperie ! Lâche-le ! Je vais te saigner !

Mau resserre sa prise. Ne pas céder. Elle tente d'enlever le couteau. Il bouge dans la plaie. La douleur arrache de nouveaux cris à Wendel et il relâche la pression sur les mains de ma fille. Elle en profite pour retirer violemment la lame. Hurlements.

Elle me tend le couteau plein de sang.

— Prends le sac et attends-moi dans la voiture. J'arrive. Une ou deux secondes.

Nue sous la couverture et sans chaussures, Mau se sauve. Wendel se tord sur le sol comme un ver de terre cisaillé en deux. Je continue aussi vite que possible à entailler mon collier. Il va bientôt céder.

Wendel essaie de m'attraper une cheville. Je me défends par des coups de pied. Puis c'est la libération. Le collier s'ouvre en deux. Je suis enfin délivrée. Je ne cherche pas à connaître l'état de notre ravisseur. Qu'il crève !

Je rejoins Mau dans ma voiture. Elle a le sourire. Je vois les clés sur le contact. On a de la chance.

Je jette le couteau sur le siège arrière. Mes gestes sont imprécis. Je suis terriblement nerveuse. Le moteur démarre du premier coup. En reculant, je heurte l'un des battants du hangar. Mon unique préoccupation : fuir le plus loin possible.

Je finis ma marche arrière. En repassant la première, je cale. Merde ! Nouveau démarrage. Je jette un œil vers l'appentis. Wendel s'est relevé. Il est à genoux et saigne abondement.

J'accélère et m'engage sur le chemin. Ma conduite est aléatoire. Trop de pression. Je dois me calmer. Je zigzague et frôle des épineux d'un côté puis de l'autre. Je ralentis.

— Tu as attaché ta ceinture, Mau ?

— Oui, maman, mais pas toi.

— Je la mettrai quand on sera sur la route.

Je cherche le commutateur des phares. Sans lumière, je ne verrai pas le bout du sentier. Le ciel lumineux du début de soirée a laissé place à de lourds nuages. Je suis encore obligée de réduire ma vitesse. Le chemin est défoncé. On risque de casser quelque chose ou de partir dans le talus.

J'aperçois au loin la bifurcation. Par réflexe, je regarde dans le rétroviseur. Je n'en crois pas mes yeux. La Renault de Wendel me rattrape.

— C'est pas vrai ! Il est derrière nous ! Il roule comme un malade.

— Va plus vite, maman !

— Je ne peux pas. Tiens-toi. Je vais virer court sur la route.

Ma vitesse est trop élevée. Tant pis.

Pas le temps de tourner le volant. Je sens un violent coup de boutoir à l'arrière juste au moment où j'atteins le bitume. Léger dénivelé de la route. Ma voiture décolle et effectue un tonneau avant de s'immobiliser sur le côté dans les genêts d'en face.

Ma tête a cogné le montant de la portière puis le toit. Je suis sonnée mais consciente. Du sang coule le long de ma joue. Je pense immédiatement à fille.

— Mau ! Tu m'entends ?

— Oui, maman. J'ai peur.

Ça sent l'essence.

Je suis coincée. Je ne peux pas ouvrir ma portière. La voiture est dans le fossé.

— On va s'extirper de ton côté. Retire ta ceinture et sors la première. Je te suis.

Mau arrive avec difficulté à se détacher. Elle pousse sur la portière qui s'ouvre dans un grincement de ferraille.

À mon tour. J'ai terriblement mal à la tête. Mes pensées se bousculent. Je suis près de l'évanouissement. *Résiste ! Résiste !*

L'instinct de survie prend le dessus. Vivre et rester consciente pour sauver ma fille. Mon seul et unique objectif.

Aussitôt un pied au sol, je m'écroule. Perte d'équilibre. Mon crâne est touché et peut-être une cheville. Je vois Mau debout à travers les phares de la voiture tournés vers le ciel. Elle est vivante. Le plus important. Je tente de me relever mais une masse me cloue au sol. Wendel est sur moi. Ses vêtements sont recouverts de sang.

— Je vais te tuer !

Ses mains se resserrent sur mon cou. Je ne pourrai pas lutter longtemps. On dit que le film de sa vie passe en accéléré devant soi quand la mort approche. Ce n'est peut-être pas mon heure, seulement un voile noir qui se dessine sur les côtés de mon champ de vision et l'envahit peu à peu.

Un hurlement me réveille, suivi d'une série de jurons. Wendel desserre quelques secondes sa prise. J'avale de grandes goulées d'air et reprends un peu mes esprits. Je vois Mau au-dessus de nous, le couteau à la main. Wendel se décale et, d'un violent coup de poing, il l'éjecte contre la voiture. Le couteau retombe, près de moi.

Wendel recommence à serrer mon cou.

— D'abord toi. Puis ta fille.

Je me focalise sur la lame. Tendre encore les doigts. Un centimètre. Moins. Il faut que j'y arrive. Mes forces m'abandonnent. Je manque d'air. Mon cœur s'emballe. Mon sang tape dans mes tempes. Je vais céder. Si près du but !

Bruit sourd des bombardiers. Ils s'éloignent après avoir semé la mort. J'ouvre les yeux et vois le visage de ma mère, Sivatha. Elle me sourit et me parle mais je l'entends à peine. Elle caresse mes cheveux. *Tu vas vivre, ma fille.*

Lentement son image s'éparpille au vent comme des feuilles desséchées à l'automne.

— Maman !

Je sens enfin le manche du couteau dans la main. Je lève le bras et tape au hasard. Les mains de Wendel se détachent de moi instantanément. Bouche grande ouverte, je suis à la recherche d'air. Je respire de nouveau. Toujours assis sur moi, Wendel s'est redressé et se tient le cou. Entre ses doigts, des jets de sang. Plus un son. Des secondes comme une éternité. Lentement, il bascule sur le côté et s'affale sur la route. Bras en croix.

Ma fille se jette sur moi.

— On est sauvées, maman ? Dis-moi que c'est terminé.

— Oui, Mau. C'est fini. Je te le jure.

Je sens mon esprit vaciller. J'ai besoin de dormir. Je ferme les yeux.

— Maman, ne dors pas.

Une pluie froide se met à tomber. Je n'ai jamais été si heureuse de recevoir ces lourdes gouttes sur mon visage. Je me sens revivre.

— Pardon, maman. J'ai raté mon coup. Je voulais le tuer mais j'ai pas tapé là où il fallait. Le couteau a rebondi sur son épaule. Je suis désolée, maman.

Je prends le visage de ma fille entre mes deux mains.

— Écoute bien ce que je vais te dire. Tu nous as sauvées, tu m'as aidée à nous défendre. Tu m'entends bien ? Tu n'as rien fait de mal. Je l'ai tué. C'est moi, OK ? Ôter une vie est un geste grave mais cet homme était méchant. Je ne sais pas s'il méritait la mort ou la prison, mais si nous sommes en vie, c'est aussi grâce à toi. Merci, Mau.

L'une contre l'autre, nous restons plusieurs secondes à savourer ce pur moment de joie malgré la pluie. Le temps semble s'être arrêté. Vivantes. Nous sommes vivantes. On va s'en sortir.

Le ciel s'illumine de zébrures colorées, comme des éclairs. Les sons nous parviennent plusieurs secondes après. Gyrophares et sirènes.

La cavalerie. Avec ce boucan, comment aurait réagi Wendel ? Pris de panique, il nous aurait sans doute tuées toutes les deux si nous étions restées dans l'appentis.

J'ai fait ce qu'il fallait faire.

35

Hôpital de Brest

Mau a divers hématomes. Rien de grave. Pour ma part, j'ai une commotion cérébrale, de nombreuses contusions et une foulure à la cheville gauche. Dans trois ou quatre jours, je sortirai de l'hôpital.

Ma mère n'a pas cessé de pleurer depuis qu'on s'est retrouvées. Elle se reproche de m'avoir laissée partir seule dans les monts d'Arrée et de m'avoir envoyé un message alors que le plan convenu n'était pas celui-là. Elle devait attendre le mien.

Je n'avais pas mesuré les risques. Mon obsession : sauver coûte que coûte ma fille. Le commissaire est toujours en colère contre moi et il me le fait savoir dès notre première rencontre dans ma chambre.

— Pour qui vous prenez-vous ? Une héroïne de cinéma ? On n'est pas dans un film, là ! Vous avez risqué votre vie et celle de votre fille. Vous vous en rendez compte au moins ?

Je tente un sourire d'apaisement.

— N'inversez pas les rôles, commissaire. Si je n'étais pas allée dans la bergerie, Kerlat ne se serait pas connecté en direct avec Wendel *via* son ordi. C'est bien de cette façon que vous avez été averti. Je me trompe ?

— Les IP des ordinateurs suspects étaient sous surveillance. L'un de nos policiers en cybercriminalité m'a appelé aussitôt que Kerlat a activé sa clé 4G. Après, pour ces agents, c'était une broutille de connaître le receveur. J'ai évidemment contacté la prison afin de faire cesser ce petit jeu.

— Le risque était grand. Nous avons vu sur l'écran du portable de Wendel la manière dont les matons ont réglé le problème. Ç'a eu pour conséquence de mettre Wendel en panique. S'il avait été plus réactif, nous serions mortes, ma fille et moi.

Le commissaire ne réagit pas. Je n'ai pas complètement tort. Il le sait.

— J'ai une dernière question à vous poser, commissaire.

— Je vous écoute, Champey.

— Comment avez-vous su où nous nous trouvions ?

— Kerlat est un personnage méticuleux. Il ne veut rien perdre et souhaite revivre en différé les sensations vécues en direct. Il enregistrait sur le disque dur de son portable les échanges à la bergerie. L'un des gardiens a voulu immédiatement savoir qui était l'interlocuteur à l'autre bout de la ligne. Il a visionné l'enregistrement en cours. Il vous a vue sur la vidéo. Votre fille aussi. Bien sûr, il ne vous connaissait pas mais il a eu le bon réflexe, il m'a appelé. Je n'ai même pas tenté de vous contacter à ce moment. J'ai compris l'urgence. Pour sauver sa fille, la mère s'était jetée dans la gueule du loup !

— La louve, c'est plutôt moi !

— Un enchaînement de circonstances favorables. Vous avez eu beaucoup de chance. J'ai donc téléphoné à votre mère. Au début, elle a été réticente, persuadée que vous aviez réussi à sauver votre fille. Vos échanges de messages…

Il lit ses notes.

— « C'est OK. J'ai récupéré Mau. Elle va bien mais on part quand même à l'hôpital. Je préviens la police en route. Je te recontacte demain matin. Je suis heureuse. » Personne ne nous avait contactés à ce moment-là. La conclusion devenait évidente.

— Vous n'êtes pas arrivés discrètement ! Gyrophares et sirènes à fond. Wendel aurait pu s'affoler en vous entendant et aurait eu largement le temps de nous tuer. Le chemin d'accès à la bergerie est étroit. Vos gros véhicules ne seraient pas passés.

— Dans sa panique, il aurait pu fuir en abandonnant tout sur place.

— Kerlat était son idole. Wendel était un peu limité intellectuellement, mais, ça, on ne le savait pas.

Le commissaire ne relève pas ma dernière phrase. Avant de sortir de ma chambre, il me précise qu'une enquête est évidemment en cours concernant la mort d'Alain Wendel. Je serai donc interrogée. Ma fille aussi, mais en ma présence.

— Pas d'inquiétude. Je peux déjà vous dire que la légitime défense est retenue. C'est une évidence. Mais ces interrogatoires sont éprouvants. Je ferai en sorte qu'ils le soient le moins possible. L'affaire sera vite bouclée. Quant à Gilles Kerlat, nous avons suffisamment d'éléments pour un nouveau procès d'assises.

Je remercie le commissaire.

Je suis en train de préparer mon sac pour sortir quand Mau entre en trombe dans la chambre et se jette sur moi en réclamant un câlin.

Je me retrouve allongée sur le lit. Je serre très fort ma fille dans mes bras et lui murmure au creux de l'oreille que je l'aime de tout mon cœur.

Elle se redresse et me regarde droit dans les yeux.

— Je sais, maman.

Dans l'embrasure de la porte, pour la première fois depuis des jours, ma mère sourit.

36

Juin, Phnom Penh

Je suis guérie. Physiquement. Mau, ma mère et moi avons repris une vie normale. En apparence. Les blessures psychologiques sont profondes et mettront du temps à cicatriser. Mais je sais comment accélérer la guérison. Je n'ai pas fini mon travail sur mes origines et je n'ai pas résolu mes cauchemars. Les souvenirs qui ne m'appartiennent pas n'ont pas disparu avec l'élimination de Wendel.

Cette fois, Mau et ma mère m'accompagnent et j'ai loué une maison à un habitant. Pour mon second séjour dans ce pays, je me sens plus à l'aise. De cette façon, mon argent reviendra directement aux Cambodgiens. Pas question de laisser le moindre dollar aux Chinois qui mettent peu à peu la main sur cette nation. D'abord par la location au gouvernement des deux seules mines d'or du pays, en réalité, une corruption déguisée. Pour une somme inconnue, la Chine loue les carrières pour une durée de cent ans. Ensuite, elles seront de nouveau cédées à l'État. Après autant d'années d'exploitation, les filons seront taris. De manière naïve, je me suis dit qu'au pire cela donnerait du travail aux Cambodgiens.

Même pas ! Quand la Chine décide d'exploiter un lieu, elle apporte son matériel, ses matières premières et surtout sa main-d'œuvre.

Sihanoukville est un autre exemple de la mainmise des Chinois sur le Cambodge. Le plus frappant. Le seul port en eau profonde du pays. Un reliquat du protectorat français. Idéalement placée, cette ville donne sur le golfe de Thaïlande et dispose d'un aéroport international. Depuis quelques années, elle a été complètement détruite et reconstruite par la Chine pour les Chinois. Sur quatre-vingts kilomètres carrés s'étend une suite de casinos. Cent quatre-vingt-deux pour être précise. De quoi rafler une partie de la fortune des nouveaux riches chinois mais, par-dessus tout, blanchir l'argent sale – qui, par définition, est d'origine douteuse – avec le consentement du gouvernement cambodgien qui, au passage, devrait toucher une belle contribution *via* les impôts sur les sociétés. Un nouveau Macao vient de naître. Quant aux habitants, les Cambodgiens, ils ont quasiment tous déserté la ville. Plus de travail, et des loyers qui ont flambé – cent cinquante pour cent. Matériaux de construction, main-d'œuvre, cuisiniers, matières alimentaires, tout a été importé.

Même les panneaux publicitaires ont changé de langue : ils ne sont plus en khmer mais en chinois.

Le mois de juin n'est sûrement pas le meilleur moment pour visiter le Cambodge. Les précipitations sont fréquentes et peuvent être violentes. Mais je ne suis pas venue comme touriste.

Mau et ma mère sont là. Je veux les avoir près de moi. Du point de vue de la police, l'affaire de l'enlèvement de Mau est terminée. Pas pour moi. Trop peur d'une suite imprévisible. Gilles Kerlat a des ressources insoupçonnées et une intelligence au service du mal dépassant tout entendement. Sa folie n'a cessé de croître. Il ne s'avouera pas vaincu si facilement.

Dans son bagage, Mau a glissé son album photo. Je l'ai laissée le prendre. Elle a ses raisons, et pourtant elle connaît mes mensonges sur son vrai père. Elle sait aussi de quoi il est capable. Jacques Utreb me l'a confirmé. Le psychologue a rencontré Mau à plusieurs reprises. Seule, sans moi ni sa grand-mère.

— Elle n'est absolument pas dans le déni, m'a-t-il dit. Mais pour elle, le lien du sang n'a pas de véritable signification. Du moins, pas encore. Malgré les traumatismes qu'elle a vécus lors de son kidnapping et des séances vidéo, Gilles Kerlat n'était pas physiquement présent. Un autre homme l'a maintenue prisonnière. La notion de « commanditaire du crime » la dépasse. Pour le moment. Un jour, ça lui reviendra en boomerang. Nous devrons alors être prêts à l'aider à surmonter ses émotions. À n'en pas douter, elles seront de forte intensité. Attendez-vous à être rejetée parce que vous lui avez menti et lui avez « fabriqué » un faux père idyllique. Un gros travail de résilience sera primordial. Vous comme sa grand-mère « complice », vous devrez être particulièrement présentes, attentives, patientes et indulgentes envers son jugement. Si vous le souhaitez, je serai là aussi et vous accompagnerai.

Il a conclu en m'avertissant qu'un jour, peut-être à sa majorité, elle désirera éventuellement entrer en contact avec son père biologique et le rencontrer. Ça se déroulera en prison. Je redoute par avance que cela se produise. Je connais son charisme. Il serait capable de la troubler suffisamment pour se faire passer pour une victime. Une possibilité pas si invraisemblable.

Pour l'instant, c'est moi qui vais rencontrer un autre tortionnaire en maison d'arrêt. Mon face-à-face avec cet individu responsable de dizaines de milliers de victimes risque d'être éprouvant. Mais c'est une étape nécessaire pour tourner définitivement la page du mystère de ma naissance.

J'ai en mémoire l'image en noir et blanc de ma mère, Sivatha, me tenant dans ses bras. Je pense connaître aussi l'origine de mon prénom : Champey. Cette « Fleur parfumée » représente l'arbre sous lequel je me suis assise lors de ma visite du camp S-21. Une apparition, ou plutôt un souvenir qui appartient à Sivatha.

Restent deux questions primordiales : qu'est devenue ma mère ? Et qui est mon père ?

Le nom de ce dernier me paraît désormais évident mais je souhaite qu'il le reconnaisse, qu'il me le dise de vive voix. Je veux voir physiquement mon père biologique. Mau aussi voudra un jour rencontrer son père, je vois bien que Jacques Utreb a raison. Une différence entre Mau et moi est pourtant fondamentale : je n'ai pas six ans.

Jacques Utreb n'a pas été contre ma démarche mais il a souhaité me prévenir des risques d'une telle rencontre.

— Votre quête est légitime, Champey, mais ne sous-estimez pas votre fragilité actuelle. Vous avez failli perdre votre fille et, sans pause, sans un réel repos, vous partez rencontrer cet homme, ce Noun, condamné pour génocide. Il est peut-être votre père biologique mais il n'a jamais participé à votre éducation. Dans sa cellule, il a eu largement le temps d'affûter son discours.

— Il ne sait pas que sa fille vient lui rendre visite.

— Ne soyez pas naïve. Comment vous êtes-vous présentée ? Vous refaites le même coup qu'avec Robert Le Gall ?

— Un peu, oui.

— Après tout ce temps, sans aucune raison précise, une Française désire lui rendre visite après une première rencontre avortée. Il doit avoir des doutes. Il a eu le temps d'élaborer différents scénarios, dont celui du retour de sa fille. Prenez du recul. Certes, il y a ce lien de sang, mais il n'y a rien d'autre. Vos « vrais » parents sont ceux qui vous ont élevée et vous ont prodigué un amour parental.

— En vous écoutant, j'ai l'impression de m'entendre quand je parle à Mau de son père. Mais je dois savoir, une bonne fois pour toutes. Je veux voir qui il est, et apprendre ce qu'est devenue ma mère. Peut-être est-elle vivante, quelque part ?

— Ne vous mentez pas. Je pense que vous avez déjà votre idée sur son destin.

— Je souhaite qu'il me le dise. Tout reste possible. J'ai besoin de connaître la vérité.

— Ce que j'ai pu lire sur Noun laisse penser qu'il ne va pas se confesser spontanément. Certes, il s'est converti au christianisme et c'est pour cette raison, semble-t-il, qu'il a avoué ses crimes, mais c'est un grand manipulateur, doté d'un charisme ravageur. Vous ne trouvez pas qu'il présente d'étranges similitudes avec Kerlat ? Nous devrions creuser ensemble ses ressemblances. Votre attirance pour Gilles Kerlat ne viendrait-elle pas, d'une manière inconsciente ça va de soi, de votre passé ?

— Je ne peux pas répondre à vos interrogations. Ce n'est pas le moment. Quarante ans ont filé. Des décennies changent les caractères. Et puis, la prison a peut-être été pour lui un lieu de méditation voire de rédemption.

— Je vous trouve bien optimiste, Champey. Protégez-vous. Préparez-vous à ne rien apprendre de plus sur vos origines. Au contraire, attendez-vous à souffrir. Ce sera peut-être son ultime crime. Ne rien dire ou pire, vous mentir.

— Vous oubliez qu'il m'a sauvé la vie en me donnant à Robert Le Gall.

Jacques Utreb ne réagit pas immédiatement. Il fait une moue réprobatrice.

— Vous ferez comme vous voudrez et comme vous l'avez toujours souhaité. Je connais votre force de caractère et votre capacité de résistance, mais la répétition des épreuves vous met à rude épreuve. Un jour, les digues peuvent céder et vous pourriez vous retrouver dans une impasse, psychologiquement à la dérive.

Mau et sa grand-mère vont passer la journée à flâner dans les marchés de Phnom Penh. Comme la première fois, je prends une voiture taxi et non un tuk-tuk. J'ai besoin d'un peu de calme, de réflexion. Mon chauffeur ne parle quasiment pas anglais. Une aubaine. Je ne suis pas certaine qu'il sache lire, d'ailleurs. Quand je lui ai montré le nom de la prison inscrit sur un morceau de papier, il l'a ignoré. Comme s'il ne la connaissait pas. *Idem* quand j'ai pointé le lieu sur une carte routière. J'ai réussi à prononcer à peu près correctement le nom de Noun en khmer en ajoutant en anglais : « *Jail.* » Il a fait une moue de dégoût. Je lui ai promis une rallonge financière substantielle s'il m'attendait en plus des deux courses.

Sourire de satisfaction. Une bonne journée pour lui.

Je l'espère aussi pour moi.

Je me sens oppressée lorsque je passe la double porte du pénitencier. L'attente peut être longue. Mon logeur m'a conseillé de me munir de plusieurs billets d'un dollar. En coupures neuves, bien entendu. Ils seront utiles pour accélérer la venue de Noun au parloir. Plus quelques autres pour prolonger le temps de la rencontre si nécessaire.

Il a eu raison. Je suis transparente tant que je ne sors pas mes billets verts.

Je passe sous un portique. Il me semble qu'il ne fonctionne pas. Puis je subis une fouille assez poussée par une femme gardienne. Elle me parle en cambodgien et je lui réponds en anglais, lui précisant ma nationalité. Elle ne sourit plus. Que peut-elle penser ? Que j'ai fui mon pays ? Une fugueuse ? Une lâche qui a abandonné le Cambodge ? Ou bien est-elle envieuse de ma chance ?

Elle me guide à travers différents couloirs. Je suis rapidement perdue. Arrivée à une rotonde, je suis prise en charge par un homme. La gardienne m'explique qu'à partir de cet endroit, ce sont les matons masculins qui gèrent cette aile de la prison.

Je la remercie. Je sens mon anxiété monter d'un cran.

Les bruits sont omniprésents. Des cris, des lamentations mais aussi des rires forcés. Là, peut-être plus qu'ailleurs, ces murs sont un lieu où sont concentrés des déficients mentaux, des aliénés. Ils ne bénéficient certainement pas des soins psychiatriques adéquats. En France, les prisons manquent de moyens, alors ici…

Les odeurs sont, elles aussi, terribles. Je m'attendais à des émanations de sueur mais je sens une puanteur d'urine et d'excréments. Le gardien lit le dégoût sur mon visage. Il sourit. D'un mouvement de main, il me fait comprendre qu'à force, on s'habitue.

Nous arrivons enfin au parloir. Une suite de petites pièces exiguës. J'entre dans la première. Le gardien me demande dans combien de temps je souhaite m'entretenir avec Noun. Je sors plusieurs billets et lui dis :

— Maintenant.

Nouveau sourire. Celui-là signifie un remerciement.

En effet, quelques minutes plus tard, la porte opposée à celle par laquelle je suis entrée s'ouvre. Je suis très émue, tremblante. Enfin, je vais être face à Noun. Face à ce tortionnaire responsable de dizaines de milliers de morts. Face à mon père. J'en suis persuadée.

Un vieil homme légèrement voûté s'avance. Il est vêtu d'une chemise bleue et d'un pantalon noir. Savates aux pieds. Un vieillard. Son allure est presque insignifiante. Comment cet homme a-t-il pu massacrer autant de personnes ? L'aspect physique n'a évidemment pas grand-chose à voir dans cette histoire.

Le gardien l'oblige à s'asseoir sans ménagement. Il attache son poignet à une menotte fixée à un anneau au centre de la table. Mesure de précaution. Un flash. Mau et moi avons aussi été enchaînées à un mur. Je chasse l'image.

— Bonjour, madame. Que puis-je pour vous ?

Il parle un français impeccable. De sa main libre, il égrène un chapelet.

Je ne veux pas tourner autour du pot.

— Je m'appelle Champey. Je suis venue de France pour vous rencontrer. Il y a une quarantaine d'années, vous m'avez remise à un Français, un dénommé Robert Le Gall. Je veux… J'ai besoin de connaître la vérité sur ma naissance et mes origines.

Il hausse les sourcils.

— Vous êtes directe. Quarante ans ? Ça remonte à loin. Une période terrible pour le peuple khmer.

Il prend une profonde inspiration.

— Savez-vous, madame, que je connais bien votre beau pays, la France ? Dans les années soixante, nous étions plusieurs Cambodgiens à étudier à Paris. Nous étions de brillants étudiants à la Sorbonne. Nous fréquentions les cafés du Quartier latin et nous aimions flâner le long de la Seine. Vous connaissez Paris ?

Je ferme brièvement les yeux. Une diversion. Il veut me montrer quel jeune homme il a été. Des extraits de son procès me reviennent en mémoire. Effectivement, à ce moment, il était un être raffiné et discret. Il n'appartenait à aucune mouvance révolutionnaire et n'était dans aucun groupuscule anarchiste ou communiste. Comment, en si peu de temps, un étudiant assidu et érudit devient-il l'un des plus grands génocidaires du XXe siècle ?

Je ne suis pas là pour entendre ce genre de discours. Je ne veux pas savoir quel jeune homme il a été. Ne pas dévier de mon objectif.

— J'ai lu de nombreux articles sur votre jugement et visionné différents reportages sur le centre S-21, celui que vous avez dirigé durant près de quatre ans. Je sais presque tout de votre procès.

Je désigne de l'index son chapelet.

— Et aussi de votre conversion au christianisme.

— Je m'étonne donc de votre venue. Tout ce chemin pour me rencontrer alors que vous me connaissez presque mieux que moi-même, dit-il avec ironie.

Il n'a pas eu l'air d'apprécier que je ne réponde pas à sa question et que je revienne sur la période qui m'intéresse.

— J'ai retrouvé Robert Le Gall. Il m'a expliqué que peu de temps avant l'intervention des Vietnamiens…

— L'intervention ? Drôle de terme pour parler d'un envahisseur.

— Si j'ai bien compris cette partie de l'histoire, le Vietnam a eu peur que les Khmers rouges étendent leur doctrine destructrice à leur pays. La meilleure façon était d'intervenir en amont. L'armée vietnamienne a pris rapidement possession de Phnom Penh. Vous avez dû fuir dans le nord du Cambodge.

— Chacun a son interprétation de l'histoire. Les révisionnistes existent dans tous les pays et déforment la vérité des faits.

— Non, monsieur. Je ne vous suivrai pas sur ce terrain. Robert Le Gall était l'un des détenus étrangers de S-21. Il a été torturé. Il a dû avouer des crimes qu'il n'avait pas commis. Votre mémoire est toujours aussi bonne. J'en suis certaine. Vous étiez un homme terriblement méticuleux. Vous avez tenu des registres sur chaque détenu du centre. Vous les avez même modifiés de votre propre main afin qu'ils aient une certaine qualité linguistique. Vous vouliez des aveux complets et circonstanciés. Pour les obtenir, vous n'avez reculé devant aucun supplice : coups de bâton et de câbles électriques, ingestion d'excréments à la petite cuillère, asphyxie avec un sac plastique ou par immersion, brûlures de cigarette, aiguilles enfoncées dans le corps, supplice chinois du goutte-à-goutte sur le front, ongles arrachés…

— Vous exagérez, madame.

— Lors de votre procès, vous avez vous-même énoncé la série des supplices possibles. De mémoire, je peux même citer l'une de vos phrases fétiches : « On ne doit pas torturer par plaisir sadique mais pour obtenir de vraies réponses. »

Je sens la colère monter en moi. Je ne peux m'empêcher de continuer. Sans cesser de le regarder dans les yeux le plus possible, je cite les procédures qu'il avait instaurées au camp. Trois types d'équipes d'interrogateurs étaient en place à Tuol Sleng : les « politiques » – les maîtres en propagande, ceux qui pouvaient convaincre sans torture handicapante –, les « méchants » – ceux qui brisaient rapidement les détenus –, puis les « mordants », chargés de passer des mois, si besoin, à torturer les personnalités récalcitrantes suivant trois degrés de supplices : « froid », « chaud » et « mastication ».

Je me sens épuisée. Je ne suis pas venue pour lui réciter les minutes de son procès ni le braquer en débitant tout ce que j'ai appris sur S-21. Il a quand même réussi à me déstabiliser. Après un moment, je reprends la parole.

— Laissons ça de côté. La sentence est tombée et vous avez été condamné à trente ans de réclusion en 2008. Vous en avez déjà purgé onze.

— Il m'en reste dix-neuf. Je ne vous apprends rien si je vous dis que vu mon âge, je mourrai entre ces murs. Une évidence, madame. Alors, si je n'ai rien à gagner dans cette affaire, pourquoi répondrais-je à vos interrogations ?

— Pour l'amour de ma mère… Sivatha.

J'ai réussi à dire cette phrase sans que ma voix tremble.

Je vois dans ses yeux que je l'ai touché. L'enfermement, sa conversion ou bien son âge l'ont peut-être émoussé.

— Sivatha. Une femme magnifique, effectivement. Quand je vous écoute, je perçois sa force de caractère. Elle a dû donner votre prénom à Robert Le Gall lorsqu'elle vous a remis entre ses mains. Je vois qu'il a tenu sa promesse et qu'il vous a sauvée. C'était le contrat passé avec lui. Sa libération contre votre survie. Mais il aurait pu vous abandonner en Thaïlande. Bien lui en a pris de le faire en France.

— Vous êtes mon père, n'est-ce pas ?

D'interminables secondes d'un lourd silence s'écoulent. Vais-je avoir enfin une vraie réponse ?

Il baisse la tête, retourne ses mains et regarde ses paumes. Va-t-il se taire ? Va-t-il parler ? J'ai tant besoin de savoir.

Brusquement il relève la tête et me fixe. Il a pris sa décision. Je ne le lâche pas des yeux.

— J'ai été le seul homme à violer votre mère. Et la première fois, elle était vierge. Vous pouvez me faire confiance sur ce point.

Je reçois cet aveu comme un coup de poignard dans le ventre.

37

Noun me regarde droit dans les yeux. Peut-être souhaite-t-il me voir vaciller ? Un dernier acte de torture ? Pourquoi me faire souffrir alors qu'il m'a sauvé la vie ?

Au fond de moi, cette révélation n'en est pas vraiment une. Presque un soulagement. Ma mère, Sivatha, n'a pas pu être amoureuse de ce monstre. Je ne veux pas connaître les détails de sa détention. Noun finit par m'avouer qu'il a éprouvé quelques sentiments pour elle. Sivatha a été sa « préférée ». Il était alors un homme tout-puissant, un dieu qui avait le droit de torturer, de tuer selon sa volonté. Une nuit, il pouvait choisir une fille au milieu des détenues et la transformer en ce qu'il voulait. Je me dis qu'il n'a pas dû éprouver le plaisir d'être aimé… Certaines femmes entraient peut-être dans son jeu pour sauver leur peau. Noun était suffisamment intelligent pour ne pas être piégé.

Lui aussi devait rendre des comptes à ses supérieurs. J'ai lu quelque part que les détenus du centre S-21 étaient loin d'être tous des civils. De nombreux Khmers rouges y ont eux-mêmes péri. Les registres ont montré que le nombre de Khmers rouges incarcérés a largement dépassé celui des civils.

La relation longue de Noun avec ma mère aurait pu lui coûter cher. Le viol a été, en quelque sorte, un alibi. En la torturant de cette façon, il a prouvé son adhésion aux valeurs de l'Angkar et a assuré avec rigueur sa fidélité.

J'ai deux dernières questions. Je ne le lâche pas du regard lorsque je lui demande à quelle date je suis née et ce qu'est devenue ma mère.

Il sourit.

— La naissance de son enfant ne s'oublie pas : c'était le 21 janvier 1978.

Un nouveau lien se tisse dans mon esprit entre moi et ma mère biologique. J'ai enfin la signification du 21 janvier. Date anniversaire. La remontée des souvenirs de ma mère. L'accouchement de son enfant a été un moment si fort qu'elle me l'a transmis. En tant que mère, je comprends l'importance d'un tel jour.

Ensuite, Noun prend son temps pour me répondre. Je sens chez lui une jouissance intérieure quand il me raconte en détail la dernière nuit de Sivatha.

Quand je demande à sortir du parloir, au moment où je me lève, Noun a cette phrase étonnante :

— Merci d'être venue, Champey. Je peux maintenant mourir en toute quiétude.

Il ne semble pas vouloir clore la rencontre. Je lui demande :

— Que dois-je comprendre ?

Il égrène de nouveau son chapelet.

— Votre venue met fin définitivement à l'épisode de ma vie à S-21. Je ne renie aucun de mes actes. Maintenant, je paye pour ce que j'ai fait.

— Que pensent les Cambodgiens de votre peine ? Ne la trouvent-ils pas trop douce par rapport aux atrocités que vous avez commises ?

Il agite une main devant lui comme pour chasser une mouche inexistante.

— Ceci est un autre débat. Ce que je veux dire, c'est que la boucle est bouclée. Je sais enfin que ma fille est vivante.

Je sens une nouvelle fois la colère monter en moi. Quand s'en est-il inquiété ? Je ne lui pose pas la question et ne lui fais pas le plaisir de tomber dans son piège. Je connais enfin mon père. Je l'ai face à moi et je ne le reverrai jamais. Mais qu'il ne compte pas sur moi pour éprouver la moindre compassion pour lui et encore moins le plaindre. Souhaite-t-il que je le remercie de m'avoir sauvé la vie ?

Je reste silencieuse et sors de la pièce en le laissant avec ses certitudes.

À ce moment précis, un sentiment bizarre m'envahit, dans lequel le trouble et la haine que j'ai pu ressentir à l'égard de Noun et de Kerlat se mêlent. Dans leur délire paranoïaque et leur folie meurtrière, de nombreuses ressemblances existent entre eux. Ils peuvent désormais crever et aller rôtir en enfer pour l'éternité.

Finalement, plutôt que de m'abattre, ces révélations me stimulent. Peut-être tomberai-je un jour de fatigue psychique, certes. Et Jacques Utreb aura raison, trop d'émotions sans repos peuvent me nuire. Mais à cet instant, ma quête de vérité me maintient la tête hors de l'eau.

Je double le prix de la course afin que mon chauffeur accepte de me conduire à Choeung Ek. Il me dépose à l'entrée. Pour rien au monde il n'irait plus loin. Me voici devant l'espace délimité du charnier. Je fais les deux cents derniers mètres à pied.

Je pensais être seule mais en réalité de nombreuses familles cambodgiennes viennent ici en pèlerinage.

Noun a été clair sur l'endroit précis de l'exécution.

Le camp S-21 a été vidé de ses détenus avant l'arrivée des Vietnamiens. Ne laisser aucune trace vivante à l'intérieur du centre et éradiquer tous les traîtres.

La veille de son départ pour remonter vers le nord, Noun a embarqué Sivatha dans le dernier fourgon disponible. Arrivé sur le site, il lui a bandé les yeux et menotté les mains derrière le dos.

— Quand vous arrivez à Choeung Ek, marchez jusqu'à la plate-forme bétonnée. À l'angle de droite, vous longez le champ sur cinquante pas. C'est là.

Je suis exactement ses consignes. Face à la fosse commune où des centaines de personnes ont été sauvagement assassinées, je regarde le lieu exact où ma mère est morte.

Plus de forces dans les jambes. Je tombe à genoux dans l'herbe. L'émotion est forte et mes larmes coulent. Noun savait le mal qu'il me faisait en me racontant les détails de l'exécution. Une seule phrase tourne en boucle dans ma tête : « Les os crient, les chairs appellent. »

Là, devant moi, sous quelques centimètres de terre, ma mère.

Je reste plusieurs minutes. Un vide.

C'est terminé, Champey. Tu as voulu connaître la vérité sur tes origines. Tu sais maintenant. Lève-toi et va-t'en. Ta fille t'attend. Mau est l'avenir, pas le Cambodge, et encore moins ce charnier.

Je ne suis pas croyante et pourtant, à ce moment précis, j'aimerais prier, dire quelques mots. Je sens que ma vie est reliée à celle de ces gens ordinaires, brins de paille dans le vent de la grande Histoire, qui ont été les victimes d'un régime sanguinaire.

J'essuie mes larmes et relève la tête. Des personnes ont franchi les fils balisant le secteur. Je ne comprends pas ce qu'ils font, on ne marche pas sur des tombes. Ils ont le dos courbé. Peut-être en signe d'humilité ? Je ne connais pas les traditions de ce pays. Certains se baissent et semblent ramasser quelque chose qu'ils regardent avec attention et qu'ils rangent dans leur poche. D'où je suis, j'ai l'impression qu'ils collectent des petits coquillages blancs. Intriguée, j'observe à mon tour le sol. Ce que je vois me sidère. De minuscules morceaux blanchâtres.

Des os remontés de terre.

Mon chauffeur est content de retourner en ville. On n'échange aucun regard ni le moindre mot durant le trajet. Arrivée devant ma location, je le paye. Il me fait juste un signe de tête en remerciement.

Ma mère m'attend sur le balcon dominant la route en terre. Je me jette dans ses bras et pleure de nouveau.

— C'est fini, Champey. Était-ce vraiment une bonne chose d'avoir été là-bas ?

— Oui.

Je la serre très fort et lui dis que je l'aime.

Mau perçoit ma tristesse. Je lui murmure simplement que je connais maintenant l'histoire de mes parents biologiques. Je lui mens encore.

— Ils sont morts tous les deux. J'ai été sur leurs tombes. C'est pour ça que je suis un peu triste. Mais la vie continue. Aimons les vivants et laissons le passé là où il est.

Mau ne réagit pas et retourne dans le canapé où elle ouvre pour la énième fois son album photo.

— Elle ne le lâche plus, me dit ma mère. On a visité la ville, vu plein de choses mais elle semble apathique. Dès que nous sommes revenues ici, elle a rouvert l'album. Ça devient une obsession. Tu devrais lui parler.

— Je ne suis pas vraiment en état ce soir.
— Essaie quand même.

Au moment de coucher Mau, je m'assieds sur le rebord de son lit.

— Tu m'en veux ?
— De quoi, maman ?
— De t'avoir caché la vérité sur ton père, ou de t'avoir créé un père aimant qui n'a jamais existé ? J'ai cru bien faire. J'espère qu'un jour tu me pardonneras. Je devais te protéger. Ce n'est pas facile d'avoir un père fou. Mais, je te rassure, ce n'est pas génétique... Tu sais ce que ça veut dire ?
— Non.
— Tu ne seras jamais comme lui. Ce n'est pas une promesse que je te fais, c'est la vérité. La vie est ainsi.
— Tu connais aussi tes vrais parents maintenant ?
— Oui.
— Tu me racontes ?
— Tu es encore trop petite pour tout comprendre mais je peux te dire que ma maman était une femme formidable. Mon père, comme le tien, était un homme méchant.

Je l'embrasse.

— Et tu vois ! Je ne suis pas une méchante maman !

Mau me sourit et vient se blottir contre moi. Je sens de nouvelles émotions me submerger. Ne pas pleurer devant elle. Pas maintenant.

— Je t'aime, maman.
— Moi aussi, ma fille. Je t'aime très fort, Mau.

Je reste avec elle jusqu'à ce qu'elle s'endorme puis je retrouve ma mère dans la pièce commune.

— Je suis éreintée. Je sais que tu aimerais que je te parle de mes découvertes, mais là, je ne peux pas. Tout est terminé maintenant. Demain on rentre en France. Jamais je ne reviendrai dans ce pays. Ma vie n'est pas ici.

Comme toujours, ma mère respecte mon choix. Elle m'embrasse et me laisse aller dans ma chambre.

Malgré la fatigue, les bombardiers sont revenus durant la nuit. De façon différente. Ils étaient loin. Les sons graves montraient qu'ils partaient. Ville détruite. Odeurs de mort. Je suis recroquevillée dans un coin de l'appartement. Le mur donnant sur l'extérieur s'est écroulé. Souffle chaud sur le visage. Je me relève et m'approche du bord. Au sol, des morceaux de verre. J'en ramasse un et regarde mon reflet : Sivatha. Des années avant S-21.

38

Mau semble apprécier les séances avec Jacques Utreb. Ni l'un ni l'autre ne me parlent de leurs discussions. Le psychothérapeute m'a juste promis qu'il ferait appel à moi s'il en ressentait le besoin.

De mon côté, j'ai repris mon travail à *La Petite Poésie* et je sers à M. Jacques son éternel *fish and chips* sauce tartare. Plus de pourboire.

Moi aussi je vais le consulter une fois par semaine. Je lui ai tout raconté.

— Je trouve que vous vous en sortez bien, Champey. Dans peu de temps on pourra se voir moins souvent. Tous les quinze jours pour commencer. Mais avant, il y a deux sujets que vous n'avez pas encore abordés. Ce n'est pas à moi d'en parler mais pouvez-vous m'expliquer pourquoi vous les occultez ?

— Vous faites allusion aux souvenirs apparus dans mes rêves, ou plutôt mes cauchemars, et à ma relation avec le père de Mau ?

— On se comprend, Champey.

— Depuis mon retour du Cambodge, les souvenirs qui ne m'appartenaient pas ont disparu. Le dernier s'est manifesté durant mon ultime nuit à Phnom Penh. Le reflet que je voyais dans un morceau de verre était celui de ma mère enfant. Des années avant son arrestation et son internement au centre S-21. Ce que je vais dire peut paraître ridicule mais j'ai eu le sentiment à ce moment précis qu'elle me disait au revoir… ou plutôt adieu. Le travail de mémoire est fait. Je connais désormais la vérité sur mes origines. Plus besoin de revivre des événements où je ne suis pas actrice.

— Je vous avoue que je suis assez étonné. Par définition, la mémoire génétique ne s'efface pas.

— Peut-être sont-ils toujours ancrés dans mes gènes. Peut-être n'ont-ils plus besoin de ressurgir ? J'ai fait le travail de recherche sur mes parents biologiques et je pense aussi en avoir fait le deuil. Pourquoi reviendraient-ils ? Ils n'ont plus rien à me dire ni quoi que ce soit à me suggérer.

— Peut-être. Mais restez tout de même sur vos gardes. Un jour, à cause d'une forte émotion, ils peuvent remonter.

— Pour me dire quoi ? La petite fille qui subissait les bombardements américains était ma mère. La vieille femme qui périssait était ma grand-mère. Sa mort a été traumatisante pour Sivatha. Plus de raison d'observer les Vietnamiens remonter la piste Hô Chi Minh. Les deux éléments étaient liés.

— OK. On en reste là pour l'instant.

— Votre seconde interrogation concerne Gilles Kerlat ?

Le psy acquiesce.

— Il va passer en procès d'assises pour avoir commandité le rapt de Mau. Il a déjà écopé de la perpétuité. Avec ce qu'il vient de faire, il n'est pas certain qu'il puisse sortir après sa période de sûreté de trente ans. La probabilité qu'il décède en prison est forte. Je suis satisfaite.

Je vois dans le regard de Jacques Utreb qu'il voudrait me croire.

— Vous avez été sous pression psychologique de longues semaines, avec des jours particulièrement traumatisants. C'est normal d'éprouver une haine de cette intensité. Et la mort de Noun, comment l'envisagez-vous ?

— Il ne me manquera pas, bien sûr. Rien de sentimental, évidemment. Je serai probablement soulagée de sa disparition. Quant au père génétique de Mau, sa mort n'est pas un sujet d'actualité.

« Demeureront les souvenirs. Ils sont tous mauvais. Je le sais. Le passé ne peut être modifié. Il me reste cependant une chose précieuse : Mau. Voilà où j'en suis : sans géniteur, je n'existerais pas, et c'est pareil pour ma fille. La seule réalité objective à retenir de cette histoire.

Utreb sourit. Comment dois-je l'interpréter ? Il me rassure immédiatement.

— Je suis heureux d'entendre cette pensée positive.

J'ai tout tenté pour protéger Mau mais, sans un coup de chance, elle aurait été violée et assassinée. J'étais prête à tuer pour la sauver, je savais que je n'hésiterais pas. Et c'est ce que j'ai fait. Consciente de mon geste. On aurait pu avec raison m'accuser de meurtre avec préméditation. J'étais venue dans cette bergerie pour la sortir de là. Même si Wendel ne s'était pas montré menaçant, je l'avais déjà condamné.

L'enquête a conclu rapidement à la légitime défense.

Mais Gilles Kerlat cherchera le restant de sa vie à recommencer. Il est irrécupérable.

Je ne peux pas tout dire à mon psychothérapeute. Ni mes intentions, ni à quel projet va me servir l'argent dont je dispose toujours.

ÉPILOGUE

— Kerlat ! Parloir !

— Je n'ai rien demandé. Et d'abord tu fais pas partie de mes gardiens habituels.

— Effectivement… Mais tu sors quand même. Je t'emmène voir ton avocat.

Il se leva paresseusement de sa couchette.

— Qu'est-ce qu'il me veut, ce connard ?

— J'en sais rien. Tu vas lui demander.

Aussitôt dans la coursive, Gilles Kerlat se retrouva avec des détenus qui sortaient de leurs cellules pour la promenade. Il hésita.

— Gardien ! Je ne dois croiser personne !

— T'inquiète, je suis là. Pas ma faute si ton avocat se pointe maintenant. Il veut te voir tout de suite. Ça semble important.

Au bout du couloir, un escalier descendait vers les cours de promenade. À la première marche, un début de bousculade. Le gardien se retrouva écarté de son prisonnier. Il ne protesta pas. Une poussée dans le dos envoya Kerlat bouler en bas. Deux détenus le relevèrent et le mirent à genoux. Un troisième tenait dans ses mains un barreau de fenêtre. Il le brandit à hauteur d'épaule et asséna à Kerlat un coup violent derrière la tête. Un quatrième sortit un couteau fabriqué dans le manche d'une fourchette et l'égorgea.

En quelques secondes, les armes disparurent et les détenus se dispersèrent.

*

Hier soir, Mau s'est encore endormie avec son album photo mais ce matin elle me fait un immense plaisir. Elle le prend, monte sur une chaise et le pose tout en haut d'une étagère. Elle me voit dans l'encadrement de la porte et me sourit.

— Peut-être qu'un jour je l'ouvrirai encore.

Rien n'est définitivement réglé entre nous. Je le sens. J'ai fait des efforts surhumains pour rechercher puis trouver mes origines et, en même temps, je lui cachais les siennes. Mon seul objectif était de la protéger. Un jour, elle me le reprochera. J'en suis certaine. Laissons le temps agir. *Je t'aime, Mau.*

Après l'avoir conduite à l'école et avant de retrouver mon travail de serveuse, je retourne chez moi et j'allume la radio. J'écoute rarement les infos mais aujourd'hui est un jour particulier. Le journaliste annonce l'assassinat en prison du fameux tueur d'enfants Gilles Kerlat. Il précise la façon dont il a été exécuté.

J'éteins le poste.

Une pensée me traverse l'esprit : *Les os ont crié et les chairs ont appelé.*

REMERCIEMENTS

Je tiens tout particulièrement à remercier Céline Thoulouze, directrice éditoriale du domaine français des éditions Belfond, pour sa confiance, ainsi que Léa Pilar, assistante d'édition, pour ses commentaires pertinents.

Éditions Belfond
92, avenue de France
75013 Paris

Canada : Interforum Canada, Inc.
1055, bd René-Lévesque-Est
Bureau 1100
Montréal, Québec, H2L 4S5

ISBN : 978-2-7144-9326-2
Dépôt légal : janvier 2020

Composition et mise en pages
Nord Compo à Villeneuve-d'Ascq

FSC
www.fsc.org
MIXTE
Papier issu de
sources responsables
FSC® C003309

Imprimé en France par CPI

N° d'impression : 155992
B09326/01